여행블로거의 혼삶가이드

일러두기

외래어 표기법은 최대한 원칙에 따랐으나 일부 명사의 경우 일반적으로 사용하는 발음에 가깝게 표기했습니다.

출간 도서는 『 』로 표시하였고 영화, 드라마 시리즈, 음악, 애니메이션 등의 기타 창작물을 언급할 때는 〈 〉로 표시하였습니다.

서문

"나는 나와 생각이 같지 않은 이들을 설득하기 위해
말하는 게 아니다. 이미 나와 생각이 같은 이들에게
혼자가 아님을 깨닫게 해주기 위해 말하는 것이다."

- 베르나르 베르베르, 『죽음 1』中 [1]

  '좋은 책'을 쓸 수 있을 거라는 전제는 감히 하지 못했습니다. 다만 '이런 책'도 있음에 누군가가 반가워했으면 좋겠다는 의도로 썼습니다.

  나는 나에게 기특한 사람이 되기 위해 글을 쓰기 시작했습니다. 책이 실체 없이 생각으로만 존재하던 때부터 미리 반가워해 준 많은 분들께 감사합니다.

목차

2. 혼삶의 인간관계

3. 정말 혼자가 되는 순간

4. 본격 혼삶 스타일링

5. 혼삶을 견고하게 만드는 것

혼삶을 응원해 주는 최측근 서포터즈인

고유스테이 대표, 유생밥상진수성찬에게

이 책을 바칩니다.

"인생이란

폭풍우가 지나가길 기다리는 것이 아니라

빗속에서 춤추는 것이다.

Life is not about

waiting for the storm to pass,

it's about learnng to dance in the rain."

- 비비안 그린(Vivian Greene)

No War
Moscow, Russia

"상상력을 쓸 줄 모르는 사람은

현실에 만족할 수 밖에 없다."

- 베르나르 베르베르(Bernard Werber)

Kyoto, Japan

"모든 일을 게을리 하세.

사랑하고 한 잔 하는 일만 빼고.

그리고 한껏 게으름 피우는 일만 빼고."

- 레싱 (Lessing)

San Gimignano,
Italy

"생소한 곳에서 영혼은

비로소 눈을 떠

침대에 누워 있는 자신을 내려다본다."

- 김영하, 『오래 준비해온 대답』

Bali,
Indonesia

"완벽하려고 애쓰지 마세요.

모든 것엔 틈이 있답니다.

그 틈으로 빛이 들어오죠.

Forget your perfect offering

There is a crack, a crack in everything

That's how the light gets in."

- 레너드 코헨(Leonard Cohen)

Keukenhof, Netherlands

"인간에게서 모든 것을 빼앗아 갈 수 있어도
단 한 가지, 마지막 남은 인간의 자유,
주어진 환경에서 자신의 태도를 결정하고,
자기 자신의 길을 선택할 수 있는 자유만은
빼앗아갈 수 없다."

- 빅터 프랭클(Viktor Emil Frankl),

  『죽음의 수용소에서』

Praha, Czech Republic

"남한테 장단 맞추지 마라.

북 치고 장구 치고 너 하고 싶은 대로 치다 보면

그 장단에 맞추고 싶은 사람들이 와서 춤추는 거야."

- 박막례, 2017.11 <코스모폴리탄> 기사문 中

Chefchaouen, Morocco

"실수를 해서 스텝이 엉키면, 그게 바로 탱고라오.

If you make a mistake,

get all tangled up, just tango on."

- 영화 <여인의 향기> 中

Wien,
Austria

"Voyage,

It is seeing where you are going to in your mind. Knowing where you are by knowing where you have been.

항해하는 건, 어디로 가야할지를 마음으로 보는 거야. 네가 어디를 거쳐왔는지 알면 지금 있는 곳이 어디인지도 알 수 있어."

- 애니메이션 <모아나(Moana)> 中

Nha Trang,
Vietnam

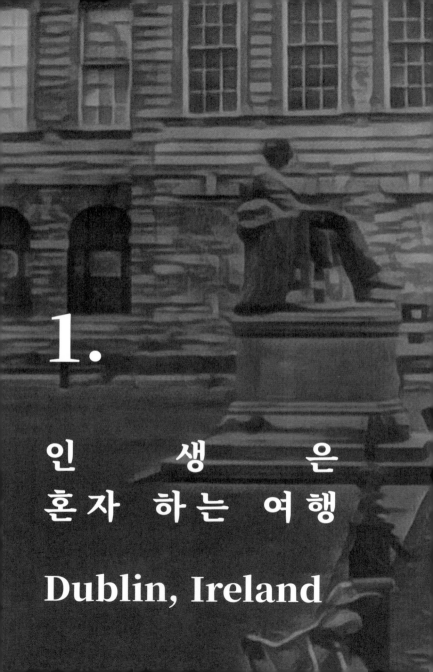

1.

인 생 은
혼 자 하 는 여 행

Dublin, Ireland

'결혼 계획이 없는' 게 아니라
'결혼 안 하는 계획'이 있습니다

──── 나를 궁금해하는 누군가의 질문에 가장 나답게 반응하고 싶었다.

"그럼, 결혼할 생각이 아예 없으신 거예요?"

종종 이렇게 면접 같은 질문을 받곤 하는 나를 위한 면접 준비 같은 글이 필요하다고 생각했다. 써야겠다고 생각했다.

"정말 괜찮은 연인을 만나면 결혼하실 수도 있겠네요?"

이에 대한 생각도 매번 달라졌다. 아니, 사실은 나조차도 내가 어떤 마음인지 모호하게 느껴졌다.

어렸을 때는, 뭐 그냥 대-충 얼버무려서 결혼에 대한 대화를 넘어가고 싶은 생각이 컸다. 단호하고 까칠한 기운을 드라이아이스 안개처럼 은근하게 뿜어내어 상대의 질문 가능성을 미리 차단하려고 애쓰기도 했다. 하지만 이런 전략은 어른들이 대체로 예뻐한다는 '웃는 상'이자 총기 어린 두 눈을 맞추고 자주 고개를 끄덕이며 잔뜩 몰입해서 리액션 하는 게 특기인 나에게는 그다지 적합하지 않았다.

나를 묘하게 긴장하게 만드는 몇몇 질문들을 이런 잡기술로 잘라내는데 성공하더라도 오히려 그 부작용으로 더 곤란한 질문들이 이어지기도 했다. 얼른 좀 넘어가고 싶다고 생각할수록 사람들은 더욱 결혼 얘기에 몰입하게 되는 희한한 흐름.

시간이 좀 지난 후에는 질문한 사람을 멋쩍게 만들지 않으면서 부드럽게 상황을 넘기기 위해 재치 있게 답하려고 애썼다. 나름대로 효과적이긴 했던 이런 방법은 내 에너지가 충분할 때에만 발휘할 수 있는 일종의 '정서적 여유'라는 점에서 한계가 있었다.

나의 여러 가지 노력에도 불구하고 대화가 원하는 길로 매끄럽게 흘러가지 않을 때도 많다. 결국 막다른 골목에 다다른 듯 또 같은 질문으로 돌아오는 순간이 오면, 나는 스스로의 재치와 진행 능력이 충분히 유려하지 않음에 더욱 아쉬워하곤 했다. '아니, 요즘 세상에 아직도 이런 질문을 하시나?' 싶어서 의도적으로 똑 부러지게 대답해서 말문을 배려 없이 쾅 닫아버리고 싶을 때도 있었더랬다.

요즘의 나는 가능한 한 나의 의도와 가깝게 말하고 싶은 마음이 크다. 구구절절 설명하지 않고 짧고 간단하게, 하지만 가장 적확하게 말이다. 질문한 사람이 나를 알아준답시고 내 대답의 앞뒤를 추측하며 내 의도를 곡해하는 불상사가 없도록 명확하게. 그러면서도 질문해 준 상대의 관심에 정중하고 따뜻하게 답하고 싶은 내 진심이 전해지도록.

"언제 OO할 거니?", "똑똑한 애가 왜 OO을 안 하려고 그래?"와 같은 비교적 무난한(?) 난이도의 질문들. 내게 이런 질문을 하는 사람들은 다양한 유형이 있지만 사실 대부분은 그렇게까지 큰 무게감과 호기심을 두고 질문하지 않는 경우도 많다. "너 몇 학년이지?" 하고 명절마다 묻는 친척 어르신처럼 말이다. 가볍게 묻는 안부 인사같은 질문.

하지만 시간이 가면 갈수록 감사하게도 같은 질문을 하는 다른 유형의 사람들이 많아진다. 내 생각이나 마음이 정말 궁금해서 관심을 가득 담아 물어봐 주는 다정한 사람들, 담백한 호기심으로 생기 있게 묻는 사랑스러운 사람들. 그런 애정 어린 대화가 거듭될수록 난 생각하게 된다. 멋들어지게 반박할 수 없는 대답을 해 내고 싶었던 나의 전투적인 대응이 얼마나 덧없는 것인지. 어떤 대답을 하느냐 만큼이나 중요한 건 내가 어떤 표정으로 대답하고 있는지 스스로 들여다보는 것이라고. 혼자 사는 삶, "혼삶"을 살면서 인생을 배워가는 어른으로서의 나는, 삶이 주는 질문에 대해 편안한 당당함으로 대답하겠다고.

친척 어르신이 매번 몇 학년이냐고 물으신 것이, 매번 잊을 정도로 무관심해서가 아니라 매번 물어봐 줄 정도의 관심이라고 생각하는 것. 이것이 내가 혼삶을 스타일링하는 기본적인 애티튜드다.

수줍게 타투(tatoo)를 새겼다,
결혼반지를 낄 자리에

──── 중학교 2학년. '반지를 선물 받은 소녀'의 기분은
예상보다 훨씬 짜릿했다. 사랑받는 기분을 어떠한 '에네르
기(기운)'로 응축해서 고체로 만들어 넷째 손가락에 끼운
것 같았다. 내 손이 아주 어여쁘게 느껴졌다가, 또 어느 순
간엔 반지의 아름다움에 비해 내 손이 거칠거나 둔탁하게
보여 신경이 쓰이기도 하고. 무엇보다 특정한 물건에 갖가
지 상징을 가득 담아 선물한 상대의 '선의'에 감동했다.

"저 만나는 사람 있어요!"라고 널리 광고하는 효과가 있는 자리, 넷째 손가락. 신체의 다른 어느 부위보다도 가장 광고비가 비싼 곳 아닐까. 광고비에 걸맞은 브랜드에서 산, 광고주의 취향에 맞는 디자인의 반지가 자리를 차지하게 되는 그런 곳. 그 광고 효과란 실로 명확한 것이어서 주변 사람의 인식률은 내가 앞머리를 자르거나 립스틱을 바꿨을 때에 비할 바가 아니다. 봤으면 '좋아요'를 눌러줄 수밖에 없는 그런 광고.

내게는 이런 '광고'가 조금 쑥스럽게 느껴졌다. 200개쯤 되는 촛불로 만든 길 끝에서 기타를 치고 꽃잎을 뿌리는 청혼 같다고 해야 할까.

사회생활을 시작하고 부터는 커플링을 낀다는 것이, 연애를 한다는 것이 갑자기 어떤 하나의 방향성을 갖게 되는 것 같았다. 결혼반지로 바꿔 낄 준비인건가 하고 궁금해하는 주변의 관심 어린 인터뷰가 쇄도하니 아무래도 '입장 표명'이라는 것을 해야 할 때가 있지 않은가.

나는 결혼반지가 있을 자리에 타투를 새겨 넣었다. (문신이라는 한글 단어가 있지만, 나는 별 수 없이 용 문신 뱀 문신을 먼저 떠올리는 누아르 팬인지라 굳이 'tatoo'라는 영단어로 표현한다.) 이 자리에 결혼반지가 있고 없고가 중요한 게 아니라, 내가 어떤 사람인지가 중요하다는 의미로 내 이름 세 글자의 초성을 담백하게 적었다. 더 자주 내 손을 바라보게 된다.

그런 내가 친구들의 반지 낀 손을 보며 괜히 뭉클해지곤 하는 건 조금은 뜻밖의 일이었다. 주얼리로서의 아름다움에 먼저 주목하곤 했던 내가 또 다른 무언가에 의해 감동하는 걸 발견했다. 울컥 차오르는 그 마음을 굳이 설명하자면, 반지를 통해 '선택의 낭만'을 보았기 때문이라고 하겠다. 결혼하는 삶을 선택하고, 나아가서 그 삶을 함께 할 누군가를 선택했다는 선언 그 자체로 낭만적이다. 선택한다는 것이야말로 가장 생명력 넘치는 행위라고 느껴지기에 더없이 열정적이고 우아한 기운이 내 마음을 벅차게 만든다.

손가락에 타투를 새긴 나와, 그런 내 타투를 사랑하는 사람들은 내 선택 또한 얼마나 낭만적인지 알고 있다. 혹은 이해하려고 노력한다.

타투 위에 반지가 포개지는 순간이 있더라도 나의 낭만은 사라지지 않을 것이다.

"비혼 상태이지만 비혼 주의는 아니고요"

──── 왜 나는 스스로를 "비혼입니다"라고 소개하지 않는가. 상대가 편안하고 긍정적인 표정으로 "그렇군요"라고 무난하게 반응할 정도의 부드러운 분위기로 나를 이야기하고 싶다. 하지만 "비혼입니다"는 대부분 다양한 반응과 추가 질문을 야기한다.

미혼의 대체어로서 단순히 '혼인하지 않은 상태'를 뜻하기보다 '앞으로도 결혼하지 않고자 한다'는 의사표현까지 포함한 단어가 되어버렸기 때문일 것이다. 비혼은 언제부

턴가 '비혼 주의'로서 브랜딩이 되어왔다. 자신을 비혼이라고 소개했을 때 이상하게도 주위에서 부정적인 반응부터 보인다면, 그 이유 중 하나는 특정한 '주의'를 바탕으로 중요한 결정을 내린다는 것에 대해 우려를 표하는 경우일 것이다.

또한 '주의'라는 것은 토론의 여지를 준다. 듣는 사람이 '그렇구나' 하고 고개를 끄덕이며 넘어가지 않고 의견을 덧붙이면서 그에 대한 내 생각을 묻게 되어도 이상할 것이 없다. 게다가 어떠한 '주의'라는 것에는 반드시 상충하는 다른 개념이 있기 마련이다. 비혼 말고 결혼을 선택한 누군가를 모두 '결혼 주의자'인 것으로 만들기도 한다. 그러니 결혼한 쪽에 해당하는 대화 상대 입장에서는 비혼 주의에 맞서서(?) 자연스럽게 결혼 주장을 펼쳐야 하는 것처럼 되어버린다. 더 이상 그 대화는 담백하기 어렵고, 서로 공감하거나 응원하며 마무리하기는 더욱 어려워진다.

그러나 비혼은 주의도, 사상이나 논리도 아니므로 주장하거나 납득시키는 것이 초점이 아니다. 비혼은 현재 '상태'

이고, 번복할 수 있는 '선택'이다.

앞서 언급했듯 지금의 나는 결혼하지 않는 계획이 있다. 이 계획은 소위 '결혼 적령기'를 산뜻하게 지나칠 만큼 충분히 장기적이지만 영원하지는 않다. 본디 삶이 계획대로만 되는 것은 아닐 터, 전략적으로든 갑작스러운 상황 때문이든 결혼하지 않으려는 계획을 수정하거나 갱신할 수도 있다. 거의 모든 계획이 그렇듯.

별로 유쾌한 단어는 아닐 수 있다, 적령기. 대학에 가고, 취업하고, 결혼하고 출산하는 일들에 적절한 연령이 있다는 전제 자체에 반발하고 싶을 수 있다. 그렇기에 누군가가 그런 단어에 얽매이지 않고 삶을 설계하겠다고 마음먹는다면 참으로 응원할 만한 일이다. 다만, 다수와는 다른 선택을 하면서 그 시기를 지나간다면 이후에 어떤 일이 벌어질 수 있을지에 대해 충분히 생각해 보는 과정도 필요하다. "미처 몰랐네", "어영부영 지나가 버렸어" 하는 사이에 무언가를 안 하는 선택을 한 셈이 된다면 그런 삶에는 응원과 공감이 따르기 쉽지 않다.

나는 웬만한 사람들이 결혼 준비하는 것만큼이나 결혼하지 않는 삶을 오래 생각하고 또 열심히 준비했다. 사람들이 좋은 배우자, 좋은 부모가 되기 위해 고민하고 준비하는 것처럼, 결혼 안 하는 삶을 준비하는 사람들은 배우자도 부모도 되지 않을 가능성이 높은 자신이 '대체 그 무엇이 되어 살아야 할지' 그 자체를 준비한다.

결혼생활에 대한 로망이 존재하듯, 나는 결혼하지 않는 삶에 대한 멋진 그림이 있다. 어린 시절에 스케치북에 끄적이듯 무턱대고 예쁘게 색칠한 그런 그림도 있지만 대부분은 정신 차리고(?) 성장하기 시작한 시기부터 차곡차곡 디자인한 그림이다. 분야 별, 시기 별로 쪼개진 계획이기보다는 나라는 사람의 삶의 빛깔과 모양 하나하나를 멋진 모습으로 다듬어 가기 위한 '스타일링'에 가깝다.

결혼하지 않는 삶에는 한 가지 유리한 점이 있다. 결혼하는 사람들이 결혼 후에 이루고자 하는 삶의 모습을, 나는 결혼하지 않은 지금 이 순간에도 이룰 수 있다. (물론 이루고자 하는 내용과 그 형태가 매우 다르겠으나.) 결혼이라는 계기와 터닝포인트가 없어도 지금부터 스타일링할 수 있다. '결혼하면 해야지', '아이가 크고 나면 해야지' 하는 모든 것들의 가능성이 혼삶인 지금의 내게는 코 앞에 있다.

"혼자 여행 가면 OO하지 않아?"

———— "혼자 여행 가면 심심하지 않아?"

"네, 심심합니다. 간혹 뼈 시리게 외롭습니다. 일이 꼬이면 서럽기도 합니다."

"혼자 여행 가면 무섭지 않아?"

"무서울 때 많죠. 운 나쁘면 위험하기까지 하고요."

혼자 번지점프대 위에 올랐다. 하필 칼바람이 자비 없이 머리칼을 후려치는(그 머리칼은 내 뺨을 후려치는!) 그런 겨울날이었다. 일행도 없이 혼자 번지점프를 한다는 것은 생각보다 더 뻔뻔해야 하는 일이었다. 엘리베이터를 타고 위로 올라갈 때부터 턱이 덜덜 떨릴 정도로 심장이 쪼그라

들었지만 딱히 무섭다고 유난을 떨 여건은 아니었다. 바람 소리가 유독 크게 들리는 점프대 위에서 내려다본 지상에는 내가 아는 사람이라고는 하나도 없고 잠깐 차에서 내려 번지점프대를 구경하는 커플이 있을 뿐이었다. 꺅꺅 비명을 지르는 건 내가 꽤나 잘하는 일이건만, 이렇게 혼자 털레털레 올라와서 번지점프를 하는 그날의 내게 그런 용기는 생기지 않더라. 호들갑을 떠는 것보다는 차라리 지체 없이 뛰어내릴 용기가 더 쉽더라.

세상에 이런 고독이 또 있을까. 점프대에서 발을 떼는 순간보다도 추락했다가 다시 튕겨 올라서 머리채 잡힌 듯 끌려가는 게 훨씬 무서웠지만 그걸 나만 안다, 나만 알아. '이렇게 쓸쓸하게 정신을 잃는 건가' 하던 찰나에 들려오는 박수 소리. 구경하던 커플은 추위를 견디면서 내 고독한 점프를 끝까지 관람해 줬고 심지어 박수와 환호까지 보내줬다!

혼자일 때 경험하는 상호작용이란 이런 것. 보통은 내 친구들이 보내줬을 박수의 빈자리를 한 번도 만난 적 없는 누군가가 채워줬다. 추노처럼 긴 머리 산발을 하고 줄 끝에 대롱대롱 매달려 넋이 나간 채로 그들을 바라보며 손을 흔들었다. 잠깐이지만 어마어마한 친밀감이 밀려왔다.

 30개국, 250여 회를 여행했다. 대부분 배낭을 메고 혼자 떠났다. 혼자 여행하는 건 생각보다 녹록지 않지만 그를 해내는 과정 자체가 홀로서기를 위한 훈련 커리큘럼과 같다. 숙박비를 혼자 부담해야 하고 양이 푸짐한 음식이나 2인 기준 코스요리는 혼자 가서 먹기 어려운 경우도 많았다. (꾸준히 식사량을 늘리는 훈련(?)과 남기게 되더라도 일단 골고루 다 시키고 보는 낭비 정신(?)을 통해 극복했다.) 쑥스러워서 여행 사진을 남기지 못하기도 했고 하루 종일 한마디도 하지 않고 침묵의 여행을 할 때도 있다. 갑작스럽게 벌어지는 우당탕탕 해프닝이나 기분 좋은 에피소드는 나만 알게 된다. 내가 경험한 색다른 즐거움의 증인은 아무도 없다. 혹여 무기력이 찾아오기라도 하면 건져내 줄 누군가가 없다.

하지만 나는 계속해서 혼자 여행한다. 독일 맥주 축제 (Oktoberfest)에서 혼자 만취하고 상하이에서 열린 콘서트도 혼자 가서 고래고래 함성을 지른다. 쿠바에서는 현지인과 살사를 추고 심지어 발리의 허니문 풀빌라도 혼자 즐긴다. 혼자서 하기엔 머쓱하고 서먹한 일들도 많고 막상 지내보니 생각보다 무료한 시간들도 많다. 혼자 속절없이 심심해져 버릴 수도 있는 위험을 감수하면서도 내가 혼자 여행하는 이유는 '여지'를 만들고자 함이다. 내 일행이 있어야 할 자리에, 정해진 스케줄이 있어야 할 자리에 여지가 생긴다. '가능성'이 생긴다. 이런 가능성을 체득한 사람에게는 단순한 경험치를 넘어서는 특유의 '여유'가 쌓인다. 이런 여행자는 자연스럽게 새로운 사람들과 말을 섞게 되고 소중한 인연을 만나기도 한다.

　내가 여행지에서 유독 쉽게 친구를 사귀는 이유가 있다. 그건 바로 '나 혼자 매우 재밌게 노는 것'이다!

'혼자서 뭐가 그렇게 재밌는 거지?' 하는 생각이 드는 여행자를 발견하면 누구라도 즐겁게 다가온다. 카메라의 타이머를 맞춰놓고 혼자서 점프샷을 신나게 뛰고 있으면 어디선가 친절한 누군가가 기꺼이 나서서 찍어주기도 한다. 그러다 갑자기 맥주 한잔 하러 가게 된다 해도 why not? 나는 저녁 일정을 상의해야 할 일행이 없지 않은가!

물론 새로운 누군가를 만나고 소통하는 것만이 #혼행의 목적은 아니다. 혼자 여행하면서 얻을 수 있는 가장 값진 선물은, 나 자신과 함께 보내는 오붓한 시간에 집중할 수 있다는 점이다.

내가 배고픈 타이밍에 딱 맞춰 식사를 하고, 처음 가 보는 길을 걷다가 쉬고 싶은 곳에서 쉬고, 그날그날의 내가 나의 귀가시간을 정한다. 특별할 것 없는 하루조차도 오롯이 나의 의사결정으로 꽉 채워진다. 어떤 이유나 계기로 하루의 결정들을 내렸는지 나만은 잘 알고 있기에 결정이 마음에

들 때는 훨씬 큰 만족감이 오고 결정이 별로일 때는 즉각적으로 피드백할 수 있다. '내가 왜 그랬지?' 싶은 결정 때문에 눈물 쏙 빠지게 고생하게 될 수도 있다. 하지만 그에 대한 책임도 내가 진다. 투정부리고 싶은 마음은, 투정을 받아줄 유일한 대상이 나 자신 뿐이기에 갈 곳 없이 흩어져 버린다.

내가 선택한 하루의 소소한 일들을 내가 감당해 내면서 차곡차곡 쌓이는 자존감은 생각보다 흡족한 기분을 들게 한다. 이렇게 우당탕탕 하루하루가 쌓여 스스로가 원하는 게 무엇인지를 척척 알아챌 수 있을 정도로 자신의 취향, 자신의 사고방식, 자신의 가치관에 통달하다 보면 나라는 사람을 가장 잘 아는 것도 내가 되고 나를 가장 사랑하는 것도 내가 된다. 그런 사람(나 자신)과 함께 여행하는데 재미가 없을 턱이 없다.

혼자 잘 지낸다는 건, 약속이 없어도 심심하지 않고 남에게 의존하지 않으려 하는 것과는 다르다. 민망해하지 않고 자연스럽게 혼자 극장에 가거나 식당에서 고기를 구워 먹

는 등의 1인 일상의 내공이 높은 것과는 조금 별개의 문제
이다. 내가 나 자신의 생각과 행동을 리딩하고 내 삶을 경
영해서 성장하고 성취하는 것이 탄탄한 혼삶이다. 관계의
가치를 깊게 이해하고 내 사람들과 함께 행복하기 위한 방
법을 스스로, 나에게서부터 찾아내고 훈련하는 것이다.

 이런 사람들은 혼자일 때 단단하다. 혼자서도 탄탄한 시
간을 보낸다. 혼삶이 즐거운 사람은 누군가와 함께 시간을
보낼 때도 더욱 즐거울 수 있다. 그렇다고 해서 혼삶을 탄
탄하게 하는 과정이 결국은 누구와 함께 살 때를 대비한 준
비단계이자 선행학습이라는 의미가 아니다. 오히려 이 시
대에 태어난 개인이라면 누구나 갖고 있는 사명에 가까운
것 아닐까. 오롯이 나를 곤고하게 하기 위해 하루하루 탄
탄하게 혼삶을 쌓아가면 그 포상으로 '내가 원하는 삶의 그
림'을 알 수 있게 된다. 이후에는 조금 더 탄탄해진 나 자신
과 함께 그림 속 풍경으로 한 발씩 걸어가기만 하면 될 일
이다.

"나는 자유롭고 착한 영혼이 있습니다

오래 전부터 이 영혼을 길들여 왔고

나와 함께 놀도록 가르쳤습니다.

그러니 하늘이여,

마음대로 비를 내려도 좋습니다."

- 헤르만 헤세, 『싯다르타』 中 [2]

마시고 싶지도 않은 라떼를 자꾸 시키는 이유

———— 나는 카페라떼를 즐겨 마신다. 그 특유의 따뜻하고 아늑한 느낌을 좋아한다. 속이 든든해지는 기분, 손이 스르르 녹는 기분, 고소하고 부드러운 기분. (벽난로 앞에 앉아 스위스 할머니(?)가 담요를 덮은 채 흔들의자에 앉아 뜨개질하는 모습을 바라보고 있는 것만 같은 그런 기분!)

문제는 라떼를 마시고 싶지 않은 순간에도 나도 모르게 주문하곤 한다는 것이다. 내가 원하는 것이 라떼의 맛이 아니라 그 기분이었다는 걸 깨닫는 데는 그리 오래 걸리지 않는다. 나는 내가 원하는 것만 탁 꼬집어 선택한다고 생각했지만, 이렇게 소소한 영역에서조차 나는 사실 원하는 것을 선택하지 않았다. 꽤 종종.

어느 날부터는 습관처럼 아인슈페너(Einspänner)같은 크림 커피를 주문하곤 한다. 평소에 가보고 싶었던 카페에서는 더더욱 그곳의 대표 메뉴를 경험해 봐야 할 것만 같은 생각이 든다. 구수하고 개운한 아메리카노의 풍미가 그리워서 카페 문을 열고 들어갔을 때조차도 왠지 시그니처(signature) 메뉴를 마시지 않으면 손해 보는 것 같은 마음에 선택을 달리 하기도 한다. 물론 시그니처 커피는 대부분 달달하게 크림이 올라가서 아주 맛있지만(아주 아주!), 그 순간의 내 진짜 취향은 너무도 간단하게 묵살되어버린다.

처음으로 이탈리아 로마를 여행하며 그럴싸한 곳에서 식사하던 날이었다. 이탈리아어만 가득한 메뉴판은 물론이거니와 자릿세며 팁 문화도 뭐가 뭔지 익숙하지가 않았다. 잔뜩 신경이 곤두섰지만 겉으로는 아무렇지 않은 척 표정을 유지하며 어찌어찌 주문할 음식을 골라놓은 참이었다.

발걸음조차 열정적인 이탈리안 웨이터가 상체를 가까이 들이밀며 내게 물어본 첫마디는 "Sparkling or still?"이었다. 탄산수와 생수 중에 어떤 것을 주문하겠느냐는 질문이었다. 나중에야 이게 유럽권에서는 일반적인 주문의 첫 단계라는 것을 알았지만, 당시의 수줍었던 나는 익숙하지도 않았던 탄산수를 달라고 대답했다. 푸른 빛의 크고 예쁜 병에 담긴 탄산수는 톡 쏘는 맹물 같아서 입에 맞지 않았다. (지금은 평소에 생수 대신 탄산수를 마실 정도로 애정하게 되었지만) 아쉽게도 몇 모금밖에 마시지 않고 남긴 탄산수가 얼마나 아깝던지. 여러 차례 여행을 다닌 후에야 물을 주문하지 않거나 자연스럽게 와인 등의 주류를 시키고자 대화를 이어갈 수 있다는 걸 터득하게 되었다.

의외로 이런 식의 질문은 잦다. '하지 않는 것'이 선택지에 없는 것처럼 느껴지는 질문. 제시되지 않은 답안을 찾아내는 과정에는 지식과 경험과 창의성도 필요하고, 그런 답을 선택하기 위한 나름의 용기나 스킬이 필요할 때도 있다. 아무리 고심해서 답을 고르더라도 결국 원치 않는 커피를 시키고 탄산수를 마시는 것과 같은 선택은 종종 일어난다. 단순히 더 기분 좋은 이미지가 연상된다거나 왠지 이럴 때는 이러지 않으면 안 될 것 같아서. 또는 놓치거나 손해보고 싶지 않다는 이유로. 지금이 아니면 나중에는 하고 싶어도 못 할 것 같다는 이유로.

누군가에겐 결혼도 이런 식의 질문과 같다.

거절을 못하는 건 유혹에 약하기 때문이다.

───── 혼자 여행하다 보면 갑자기 은둔하고 싶어지는 순간들이 있다. 씹고 있던 음식을 얼른 삼키고 이 낯선 음식점에서 나가서 숙소에 돌아가 콕 박혀있고 싶은 그런 기분. 낯선 곳을 두리번거리는 것도 낯선 사람의 관심을 견디는 것도 그만하고 싶어지는 순간들.

일부러 혼자 생각할 시간을 갖기 위해 떠나온 경우가 아닌 이상, 현지 사람들과의 교류와 접촉을 최소화하고 은둔하는 여행이 달리 좋을 이유가 있겠는가. 이럴 때 버릇처럼 은둔하고 싶어지는 마음의 삐딱함을 혼쭐내는 건, 고맙게도 '거절 못하는 내 성격'이다.

식사를 서둘러 끝마치고 집에 가고 싶었던 나의 마음은 "디저트도 하시겠어요?"라는 제안을 거절하지 못해 잊힌다. 집으로 가는 길에 눈에 띈 근처 루프탑의 아늑하고 반짝이는 조명의 유혹을 거절하지 못 한다. 맥주 한 잔을 거절하지 못 하고, "Shall we dance?"에 No 해 본 적도 없다. 노을 지는 하늘을 거절하지 못 해서 언덕 위에서 시간을 보내고, 우버(Uber) 기사의 농담을 거절하지 못 하고 친해져 버린다.

다행히 아직까지는 거절하지 못해서 계속된 하루를 후회해 본 적은 없다. 하지만 내가 처음에 원했던 은둔자의 니즈가 아주 손쉽게 잊힌다는 것이 가끔 마음에 걸린다. 어딘가에 얌전히 쌓여가고 있을 나의 또 다른 니즈. 내가 외부에서 들어오는 것들을 거절하지 못하는 대신, 내부에서 생겨난 작은 니즈를 간단히도 무시하며 희생시키고 있음에 찔리는 것이다.

"시원시원한 성격인 줄 알았는데 거절을 못한다고?"

거절하지 못하는 성격이라고 하면 흔히 상대의 기분을 지나치게 배려해서든 상대에게 좋은 사람이 되고 싶어서든 직설적인 말을 못 하는 경우라고 생각하기 쉽다. 하지만 나는 요구나 명령 같은 건 너무도 잘하는 편이고 거절만 유독 잘 못한다.

거절을 하는 일보다 내가 더 못하는 일이 있다. 그건 "거절당하는 일". 책임지기도 신경 쓰기도 싫어하는 나는 누구에게든 권유, 추천, 제안, 그 어떤 것도 거의 하지 않는다. (뭐 조금씩 나아지고는 있다!) 그렇기에 어쩌다 한번 내가 타인에게 무언가를 부탁하거나 먼저 제안한다는 것은 의외로 큰 에너지를 소모한다. 이렇다 보니 내게 누군가 제안할 때도 거절할 마음이 생기지 않는 것 같다. 사실은 어떤 제안이 진심으로 거절할 만큼 싫었던 적 자체가 매우 적다.

계속 지금처럼 거절 안 하면 되지 않겠냐고? 거절하지 못하는 사이에 내 의사결정의 주도권은 서서히 외부로 넘어간다. 거절하지 않는 걸 보면 외부로부터의 제안이 싫지는 않은 게 맞다. 그렇다고 해서 그것이 나의 내부로부터의 제안과 충돌하지 않는다는 뜻은 아니다.

나는 결혼을 거절한 것이 아니라, 비혼을 거절하지 못한 것일 수 있다고 생각한 적이 있다. 혼자 하는 여행, 혼자 꾸미는 집, 혼자 내 멋대로 꾸리는 일상이 너무도 매혹적인 탓에 끌려가듯 삶의 방향을 계획한 것이 아닌가 하는 생각 말이다. 그렇다면 반대로 '결혼이 나를 끊임없이 유혹하면 넘어갈 수도 있겠는데?' 싶어서 기분이 이상해진다.

혼삶을 고민하는 계기

───── "결혼을 진짜 안 하고 싶어서 안 하겠어?"

최근 한 인터뷰 도중에 놀라운 이야기를 들었다."

"돈이 없어서 결혼을 안 할 것 같은 분은 아니신데, 눈이 높으신 건가요?"

1인 가구가 주류가 되어가고 있는 요즘, 특히나 풍부한 젠더(gender) 감수성[3]과 세대 감수성을 가지고 섬세하고 배려 있게 열린 대화를 하는 것을 중요하게 생각하는 이 시대에는 흔히 듣기 어려운 문장이라고 생각했다. '제약과 위험요소(risk)가 해결되면 당연히 결혼하는 게 좋지 않겠는가' 하는 가치관 말이다. 결혼을 하지 않는 건 경제적인 준비가 되지 않았거나 적합한 배우자 감을 만나지 못했기 때문이라는 인과관계를 전제로 하는 경우다.

심지어 스스로 비혼을 선택한 사람들 중에서도 무의식적으로 결혼을 최상위 가치에 두고 있는 사람들이 있다. 이러한 전제는 '아직'이라는 단어를 동반한다.

'아직 집도 없는데 무슨 결혼이야.'

'아직 결혼하고 싶은 사람을 못 만난 것 같아.'

"(결혼은) 아직 생각 없어요."

결혼에 대한 부정적인 시각이나 경험 때문에 사람들이 혼삶을 계획하게 된다고 넘겨짚는 것 또한 아주 단편적인 생각이다. "시댁 싫어서 결혼 안 할래", "고독사 무서워서라도 결혼해야지"라고 말하는 사람들의 결정도 사실은 그렇게 단순하지 않다. 싫어하는 무언가를 피해서 도망 다니는 것처럼 보이는 어떠한 선택도, 알고 보면 자신이 바라고 원하는 무언가를 품에 안으려고 쫓아가는 과정이다.

수학을 못해서 이과를 포기하고 문과에 진학하는 것처럼, 그런 식으로 선택한 혼삶이 아니라는 이야기다.

"대다수의 사람들은 자신들이 양육된 정신적 시스템에 충실하다."

- 미셸 우엘벡, 『복종』 中 [4]

나의 어머니는 혼인을 기반으로 한 비교적 전통적인 정신적 시스템을 물려받으셨을 것임에도 불구하고 나를 양육하는 시점에서는 시스템을 한번 업데이트하셨던 모양이다. 엄마 스스로는 결혼을 통해 나를 낳았지만 정작 그 딸에게는 '결혼해서 전통적인 가정을 꾸리고 산다'라는 기본 세팅을 설정해 놓지 않았다. 새롭게 업데이트한 시스템에서의 핵심 키워드는 '다양한 경험', '주체적인 정서', '당당한 가치관' 같은 것들이었던 것 같다.

덕분에 나는 '기본 설정' 메뉴가 아닌 하나의 '소프트웨어' 자리에 결혼이라는 키워드를 놓고 내 삶을 설계해 나갈 수 있었다. 애초부터 내게 결혼은 선택사항이었던 것이다. 이는 나라는 사람에게도 그렇고, 소위 '요즘 세상'에도 꽤나 잘 맞는 시스템이었나 보다. 직장인이 되면서 숱하게 써먹은 엑셀(Excel) 같은 컴퓨터 프로그램은 초등학교를 졸업하기도 전에 자격증까지 땄으면서, 결혼이라는 소프트웨어는 지금까지도 설치하지 않은 걸 보면 말이다.

무언가에 맞서가며 투쟁하듯 비혼을 결정해야만 했던 사람들도 많다. 이런 비혼 사회에 있어서 나는 비혼을 거저 얻은 사람, 수월하게 비혼으로 살 수 있는 여건을 갖고 태어난 '금수저' 같은 존재일지도 모르겠다. 내가 물려받은 정신적 시스템은 그야말로 황금 같은 것이어서 나를 마치 '혼삶계의 귀족'처럼 살게 해 주었다. 내가 혼자 잘 지내게 하는 '정서적인 기반'은 물론이고 타지에서 혼자 자취를 시작한 것부터 혼자 죽어라 여행을 다니고 혼자 타국에서 일하겠다고 떠나는 등의 모든 행보에 대한 '가족들의 지지'까지도 포함되어 있었기에.

그러므로 내가 결혼하지 않고 살아가는 것도 상당히 자연스러운 일이었다. 여느 아이들처럼 〈웨딩피치〉 인형을 들고 놀면서 나중에 커서 어떤 웨딩드레스를 입고 싶은지 그려보기도 했지만, 반대로 혼자서 세계를 누비며 〈인디아나 존스〉처럼 탐험을 해야겠다고 맘먹으며 식인종을 마주쳤을 때를 대비해서 무술 동작을 연습하기도 했다. (〈웨딩피치〉와 〈인디아나 존스〉를 기억하는 동세대 독자가 있다면 반갑습니다!) 많은 사람들이 자연스럽게 결혼을 전제로 살아가는 것과는 대조적으로 나에게 있어서는 결혼을 생각한다는 것이 오히려 새로운 것이었다.

때문에, 결혼하지 않는 혼삶이 생각보다 대중적인 선택은 아닐 수 있다는 걸 조금 뒤늦게야 알았다. 많은 사람들이 결혼의 길로 자연스럽게 걸어가듯, 혹시 나도 자연스럽게 혼삶의 길을 걸어가고 있는 것 아닐까 하는 고민을 하게 된 것이다. 사람은 '어색한 행복'보다 '익숙한 불편'을 선택한 다던데.[5] 나 역시도 아직 스스로에 대해 충분히 성찰하지 못한 상태에서 '익숙한 불편'으로서의 혼삶을 관성적으로 선택하려 하는 것은 아닐까 하고 의도적인 자기성찰을 해본다.

결혼 vs 혼삶의 이분법을 벗어나 더욱 넓은 시각에서의 가치관을 갖기 위한 인생 공부가 필요하다는 생각이 들었다. 그 인생 공부의 기초는 결국 '나 공부'라는 것도. 내가 어떤 사람인지, 어떤 가치관과 사명을 가지고 살아가는 사람인지의 기초가 탄탄하면 인생에서의 큰 선택들도 더 이상 시험처럼 다가오지 않는다.

Napoli, Italy

처음으로 혼자 한 여행의 기억은 마치 첫사랑처럼 남아있다. 미화할 필요도 없고 퇴색될 우려도 없을 만큼 충분히 아름다웠던.

이탈리아의 나폴리, 강도 수준의 소매치기로 악명 높았던 당시의 그곳에서 '혼자 하는 여행'을 시작했다.

여정을 함께 하던 대학교 선배 언니는 이제 저녁 기차를 타고 로마로 떠나려 한다. 손을 세차게 흔들며 작별 인사를 전하고 있는 그때, 의심할 여지없이 수상한 기운을 폴폴 풍기는 한 사내가 음침한 표정으로 언니의 뒤를 따라 기차에 오르는 것이 아닌가!

주머니에 깊숙이 찔러 넣은 그의 양손을 꺼내면 무시무시한 무언가가 튀어나올 것만 같았기에 나는 다급한 표정으로 기차 안의 언니에게 고래고래 소리치며 갖가지 수신호를 보냈다. 눈치 빠른 언니는 일부러 여러 칸을 지나쳐서 슬쩍 기차에서 내렸는데, 아니 세상에 그 몹쓸(?) 녀석도 따라 내리는 게 아닌가! 언니를 따라서 기차에 타고 내리기를 수차례 반복했으나 언니는 요령 좋게 점프하듯 마지막 승차 타이밍을 놓치지 않았고, 녀석은 수상한 의도를 실현하지 못한 채 덩그러니 플랫폼에 남겨졌다. 나와 눈이 마주친 채로.

　종전의 수고스러운 실랑이가 실패로 끝난 것을 원망이라도 하는 듯 입을 씰룩거리던 그 녀석. 분명 '녀석' 정도로 보였던 그 사내는 나와 1:1로 대치하자 갑자기 전문적인 '꾼'으로서의 아우라를 드러내며 내 쪽을 향해 가만히 멈춰 서 있었다. (머리부터 발끝까지 어두운 시멘트색 옷을 입고 있었는데 지금 생각해 보니 그게 왠지 더 무서워 보였다.) 플랫폼을 빠져나가기 위해 아무렇지 않은 척 평안한 표정을 지어내며 그의 옆을 지나치는 그 순간부터 나는 자연스레 그에게 뒷모습을 보이는 형국이 되었다.

야속하게도 금세 깜깜해진 나폴리 거리는 이정표도 안 보일 정도로 어두웠지만 그 녀석이 계속 따라오고 있다는 것만큼은 잠깐 고개를 돌려도 확실하게 알아볼 수 있었다. 나는 명색이 합기도 4단, 대회에서 메달을 따기도 한 무도인이건만. 그런 순간에는 싸워 이겨야겠다는 생각보다는 '그냥 사라져 줬으면……' 하고 바라게 되는 것이었다. (뒤를 따라오고 있다는 이유만으로 갑자기 그의 팔을 꺾어 제압할 수도 없는 노릇이었다.)

　20분 넘게 진땀 나는 동행을 계속하고 나서야 겨우 다른 행인을 발견했고, 길을 묻는다는 핑계로 행인과의 대화를 길고 길게 이어감으로써 그 사내를 지쳐 떨어져 나가게 하는 데 성공했다!

　한번 쫄보(?)가 된 마음은 쉽사리 펴지지를 않아서 게스트하우스에서 체크인을 하면서도 한 번씩 현관문을 흘끔거렸다. 이런 상태로 방에 들어와 2층 침대에 배낭을 풀고 나니 땀범벅이 된 온몸에 카프리 해의 소금기가 덕지덕지 묻어있었다. 따뜻한 물로 천천히 샤워를 하니 긴장되어 있던 몸이 녹녹해지고 편안해지면서 비로소 이제 혼자 남았다는 생각이 들었다.

6인실 도미토리였지만 방에는 나 혼자뿐이었다. 수건으로 몸을 감싸지도 않고 빈 몸(?)인 채로 샤워실을 나와서 큰 창문을 두 손으로 열어젖혔다. 허전한 몸 사이사이를 꽤 낯선 찬바람이 휘감았다. 비행기로 12시간 이상 날아야 올 수 있는 먼 이국 땅에 홀로 있다는 것. 갑자기 외롭고 고독한 마음이 울컥하고 치밀어 올랐다.

그러다 정말 혼자라는 것을 실감했을 때, 갑자기 차분하고 평온한 기분이 들더니 신나고 설레서 견딜 수가 없었다. 뭐라도 해야 할 것만 같은 기분이 들어서 작은 볼륨으로 소리도 지르고 춤추듯 사지를 이리저리 뻗어댔다.

그래, 항구가 아름답기로 유명한 나폴리였지. 작고 고요하게 반짝거리는 항구를 바라보다가 마침맞게 터져 나오는 불꽃놀이를 보았다. 이런 때에는 누구라도 낭만적인 기분으로 운명에 대해 생각하게 되기 마련이다. 차오르는 두 눈을 창밖에 고정한 채로 생각했다. 혼자이기 때문에 얼마나 가벼워질 수 있는지를, 혼자이기 때문에 견뎌야 할 것들은 얼마나 무거운지를.

 그리고 나는 모든 것을 즐길 수 있을 거라는 생각을.

Dubrovnik, Croatia

2.

혼 삶 의
인 간 관 계

"사랑은 최고의 투자입니다.
더 많이 줄수록 더 많은 걸
얻을 수 있으니까요."

혼자 잘 지내려면, 동지들이 필요하다

'다 죽어 없어질 것이다.'

'2주 후에 내가 직접 시신을 수습해야 할 것이다.'

혼자 사는 1인 가정에서는 가장인 내가 2주 동안 집을 비우면 나의 semi 가족이었던 식물과의 반려(伴侶)는 거기서 끝이 난다. 내가 강아지나 고양이와 함께 살겠다는 것도 아니고 배우자나 자식을 바라는 것도 아닌데, 하다못해 식물과도 반려하기 어려운 게 현재의 내 삶이라니! 갑자기 발길질을 해대고 싶어진다.

봄이 되어 로즈메리(Rosemary) 화분을 데려왔다. 스테이크를 구울 때 가차 없이 사지를(?) 부러뜨려 넣을 생각이다. 케일은 씨앗으로 사 와서 대충 뿌려뒀는데도 반가운 잎사귀가 나왔다. 새싹 어린 티만 벗으면 바로 샐러드를 만들어줄 생각이다. 이런 잔혹한 미래를 꿈꾸며 화분에 물을 주는 일은 생각보다 룰루랄라 즐겁다. 흙바닥이 꿀꺽꿀꺽 물을 빨아들이는 모양새를 보고 있노라면 퇴근 후의 내가 냉장고 앞에서 선 채로 캔맥주를 들이켜는 그 기분이 상상돼서 저절로 속이 시원해진다. 하지만 내가 돌아오면 다시는 이들의 싱그러운 모습은 없을 것이다.

두 손 놓고 이들을 죽게 놔둘 수는 없다. 가정용 자동 급수 시스템을 찾아내거나 '당근마켓'에서 화분 물 주기 계모임이라도 만들어야겠다. 반려 식물을 키우겠다는 이유만으로 가족 곁으로 이사를 갈 수도 없는 노릇 아니겠는가.

화분이 목마른 건 그나마 낫다. 사람인 내가 목마를 때가 고역이다. 찐득한 하루를 보내고 집에 돌아오는 길에 동네 친구와 맥주 한잔하고 싶어질 때, 그런 목마름이 진짜 문제다. 접근성을 기반으로 한 '동네 친구'의 핵심은 ①죄책감 없이 아무 때나 불러내는 ②즉흥성을 발휘할 수 있고, 수시로 ③숏 콘텐츠를 기획하기가 용이하다는 점 아닐까.

①죄책감 없이

'에이, 어떻게 여기까지 오라고 하나' 싶은 생각은 물론이고 속상한 일이라도 있는 날에는 괜히 부정적인 기운만 전파하게 될까봐 아예 누군가를 찾지도 않을 때가 많다. 하지만 동네 친구가 있을 때는 다르다.

②즉흥성

거창한 계기 없이 담백하게 만남을 청할 수 있고, 정서적으로 매우 지쳐있는 어느 날에도 내가 슝-하고 행차할 수 있다.

③숏 콘텐츠

막상 친구를 만나서 몇 마디 나누다 보니 집에 가서 얼른 씻고 쉬고 싶은 생각이 드는 날도 있다. 그럴까봐 친구를 만나기 망설여지는 날에도 아주 적은 죄책감만을 각오하고 만남을 결정할 수 있다. 30분만 얼굴 보고 헤어지는 날도 잦다. 배달음식을 넉넉하게 시킨 어느 날에 갑작스럽게 만나서 밥만 먹고 헤어질 수도 있고, 심지어는 반찬통에 음식만 받아들고 집에 갈 수도 있다.

동네 친구를 사귀기 어려운 상황이라면 이 세 가지의 핵심을 충족하는 대체 자원이나 방법을 찾는 것도 좋다. 접근성을 개선하려는 노력으로 운전을 배우고 차를 사거나(급 맥주는 어렵겠군), 가상공간에서의 교류를 강화한다거나 거리가 좀 멀더라도 죄책감을 덜고 편하게 부를 수 있는 맹약으로 맺어진 네트워크를 만들거나.

지금의 내 일상은 비교적 평안하기에 고작(?) 화분을 먹이는 일 정도만이 나를 곤란하게 만든다. 하지만 머지않아 'urgent(긴급)' 단계의 긴급하고 위중한 일들로 누군가를 간절히 필요로 하는 순간들이 늘어날 거라고 생각한다. 나라는 한 사람의 일상을 지탱하기 위한 방법을 준비하고 해결책을 찾는 과정은 결혼하지 않는 '혼삶'뿐만이 아닌, 모든 삶이 성숙해 가는 시기에 필요한 과정이 아닐까.

　가족과 함께 산다고 해도 유사한 고민을 할 수 있다고 생각한다. 그들은 나 대신 화분에 물을 주거나 택배를 받아주는 등의 품앗이를 위한 존재가 아니기에. (물론 가족끼리 돕고 사는 것 자체는 참 따뜻한 일이므로) 가족을 노동력으로 환산해서 나의 필요를 손쉽게 해결할 수도 있겠으나, 사람은 누구나 언젠가 혼자가 될 준비를 해야 하지 않은가. 혼자일 때 잘 지낼 수 있는 준비를 하지 않은 채 노년을 맞이한다면 그때는 사랑하는 사람들과의 이별 자체에 아쉬워하기보다 내가 필요로 하는 노동력에 대한 대책이 없어서 안절부절못하게 될까 봐 두렵다. (ex. "당신 먼저 가면 나는 어쩌라고")

"인간이 생존하기 위해 확보해야 했던 또 하나의 절대적
자원이 있다. 앞에서 언급한 '사람'이다. 먹는 쾌감을
느껴야 음식을 찾듯 사람이라는 절대적 생존 필수품을
확보하기 위해서는 우선 인간을 아주 좋아해야 한다.

- 서은국, 『행복의 기원』 中 [6]

사람에게 있어서 사람은 생존 필수품이다. 위 책에서 저
자는 '사회적 영양실조'를 막는 가장 효과적인 방법은 왕성
한 '사회적 식욕'을 갖는 것이라고 말한다. (참으로 탁월한
비유가 아닌가!) 친구가 "집이냐?" 물어보면 당장이라도 후
드 티를 주워 입고 호다다닥 술자리에 달려 나갈 만큼 '사
회적 식욕'이 왕성했던 사람이라고 해도 '혼자 보내는 시
간'의 매력에 한번 빠지게 되면 그 부작용으로 간혹 '사회
적 식욕 감퇴' 증상을 겪기도 한다.

말 그대로 '배가 불러서' 욕구가 적어지는 경우도 있다.
연속으로 쉬지 않고 저녁 약속이 있는 기간에는 매일 급하
게 골라 입고 던져둔 옷가지가 쌓이고, 외식으로 차곡차곡

적립한 열량도 지방으로 쌓이고, 미처 배출하지 못한 '대화의 독'도 쌓인다. 들숨만 계속 쉬고 날숨을 못 뱉는 것과 같은 숨찬 기분이 된다.

주말마다 지인들 경조사를 돌아다니며 숱한 사람들과 대화를 나누고, 하루 종일 전화를 받아야 하는 일을 한다거나 극도로 세분화된 카카오톡 단체 톡 방을 이리저리 종횡무진하는 일상을 겪다 보면 나는 배가 터질 것처럼 더부룩함을 느낀다. (전체 공지 방, 대표님 없는 방, 3명 방, 4명 방, 지난번에 같이 술자리 참석한 인원 6명 방, 점심 값 정산하는 방......으아아아!)

'배부른 인간관계'를 계속하다가 '사회적 영양 과다' 상태가 되면 의도적으로 식이조절을 하듯이 '영양가가 적은 인간관계'는 조금씩 줄여나갈 필요도 있지 않을까. 하지만 인간관계를 잘 다뤄나갈 만한 '소화 능력'이 점점 떨어지면서 '배가 고파도' 식욕이 안 생기는 증상이 생긴다면 잠깐 스스로의 상태를 진중하게 들여다보는 게 좋다. 이러한 증상이 지나치게 잦거나 길어진다고 느낀다면 '사회적 영양실

조'를 염려해야 할 시기다. 나는 혹시 사회적 식욕이 떨어지면서 자연스럽게 혼삶을 살게 된 경우인가? 나는 '사회적 고립 상태'에 놓여있지 않은가?

"인간은 어차피 혼자다."

이 문장이 품고 있는 여러 가지 의미를 '타인은 지옥이고 아무도 필요 없다'로 풀이하는 것은 매우 위험한 오역일 것이다. 철학적으로 혹은 현실적으로 인생은 결국 혼자만의 것이라고 느낀다 해도 그것이 내가 인간관계에서 회피하고, 숨어들고, 끝내 고립되기까지 하는 것의 핑계로 삼기는 어렵지 않겠는가.

"힘내서 우리랑 어울리는 걸 찾아다닙니다."

내가 아주 애정하는 한 카페(전주, '평화와 평화')에서 발견한 문장이다. 부드러운 문체에 묻어있는 강인함이 느껴져서 문장을 눈에 담자마자 용기가 샘솟아 발바닥이 뜨거워지는 느낌이었다.

혼삶을 살면서 '내가 이상한 건가' 싶거나 스스로가 비주류라고 느껴질 때는 나와 유사한 사람들 사이에 들어가 보는 경험도 도움이 된다. 혼삶을 살면서 준비해야 할 것들, 비판해야 할 것들에 대한 철저함과 날카로움은 더 힘을 얻게 되고 반대로 괜히 습관처럼 가지고 있던 소수로서의 마이너(minor)한 피해의식은 꼭 필요한 것만 남기고 옅어지기 때문이다.

나의 동지들을 통해 힘을 얻었다면 나와는 전혀 다른 새로운 사람들도 만나면서 '사회적 영양'을 골고루 섭취하는 것이 좋다. 비슷한 사람끼리 모여 비슷한 가치를 칭송하는 확증 편향에 갇히지 않고 보다 다채로운 혼삶을 즐기기 위한 필수 영양소다.

많은 다른 것들이 그러하듯, 혼삶도 탄탄한 인간관계와 정서적인 뿌리를 기반으로 할 때 더욱 날개를 달고 자유롭게 발전해 나갈 수 있다.

"초창기 우리는 '같은 집에 살자'보다는

'함께 사는 삶'을 꿈꿨다.

그 시절 나는 세월호 참사를 겪으며

'역세권'보다 서로를 위로해 줄 '사람권'이 필요하다고 느꼈다."

- 우엉, 부추, 돌김, 『셋이서 집 짓고 삽니다만』中 [7]

봄이 되면 내가 산책하는 밤길에 벚꽃이 어마어마하게 피어 내 아래턱을 연다. 집에서 몇 발짝 걸으면 벚꽃 구경을 할 수 있는 '벚꽃권'에 살고 있어서 참 감사하지만, 조금만 더 욕심을 부려보자면 꽃 보러 같이 밤 산책 갈 수 있는 친구가 있는 '사람권'이기도 하면 참 좋을 것 같군.

'나'를 만나러 갈 땐 "혼자" 가라

──── 혼자 여행하는 사람은 여러 가지 이유로 관심의 대상이 되곤 한다. 호기심의 대상, 소매치기의 대상, 걱정과 염려의 대상. 어느 순간부터는 K-동경의 대상이 되기도 했고. ('강남스타일'은 숱하게 췄고 'BTS'와 '오징어 게임' 덕분에 또 한동안 즐거웠지.) 문제는 그 관심의 정도를 내가 통제하기 어렵다는 점이다.

여러 차례 배낭여행을 하다 보니 소매치기의 관심을 쳐내는 것은 그나마 수월해진 것 같다. 하지만 아직도 새로운 여행지에서 조용히 혼자 다니고 싶은 날이 있다. 마치 자신 없는 과목의 수업 시간처럼 아무도 나한테 말 걸지 않았으면 하는 그런 날. 그럴 때면 귀에 이어폰을 꽂거나 휴대전화만 바라보고 있는 등의 폐쇄적인 액션을 취해본다. 이런 모습이 일종의 의사 표현으로서 효과를 발휘할 때도 있지만 나의 여행 대부분은 둘 중 하나였다. 난감할 정도로 관심을 받거나 멋쩍을 정도로 외롭거나.

시간을 팔아 돈을 아끼던 학생 시절의 나는 궁상을 떠는 재주와 역량(?) 같은 게 있었다. 웬만한 길바닥 음식을 주워 먹어도 배탈이 나지 않는 '뻔뻔한 소화기관'(feat. 악명 높은 인도 뉴델리의 노점 음식), 앞자리에서 닭이 울어대는 시골 버스 좌석 사이의 통로 바닥에 앉아서도 푹 자면서 갈 수 있을 정도로 '덜 발달된 감각'(at 라오스 방비엥으로 가는 길) 같은 것들. 그리고 이런 상황들을 피하고 거부하지 않을 만큼 '충분히 부족한 위생관념' 등이 포함된다.

몸을 이상하게 구기거나 말아놓아도 내가 편안하게 느껴지는 각도를 찾아 잠드는 데 성공하고야 마는 나의 역량 하나를 믿고 중국 대륙을 여행하곤 했다. 극단적으로 궁핍했던 중국 유학시절에는 한 달 30만 원 생활비를 아끼고 아껴서 그중 15만 원으로 대륙 여행을 다녀오곤 했다. (짜장면이 500원이고 뭐 그런 옛 시절이었기 때문이 아니다!) 명칭 자체가 '딱딱한 좌석'이라는 뜻인 '잉쭤(硬座)' 등급을 타고 내가 이리 뒤척 저리 뒤척거리며 32시간을 앉아있는 동안 옆자리는 여섯 번 정도 사람이 바뀌었다.

그런 열차 칸에서 여행자가 편하게 자면서 가려면 어떻게든 자신의 국적이 다르다는 것을 들켜서는 안 되는 법. 한글이 적힌 소지품은 보이지 않게 가방 안에 꼭꼭 깊이 넣어두어야 했건만. 하필 흥미진진한 꿈에서 깨어난 내가 습관적으로 수첩을 꺼내서 꿈 내용을 적기 시작한 탓에 타국에서 온 여행자임을 들켰다. 조용하고 꾸준하게 씨앗 간식인 꽈즈(瓜子)를 까서 먹고 있던 맞은편 아주머니가 제일 먼저 한글에 대한 궁금증을 보였다. 그렇게 생긴 글자(=한글)는 대체 어떻게 타이핑해야 하는 거냐는 의문에는 종이에 키보드를 그려가며 열정적으로 답했다. '네가 쓰고 있던 메모는 무슨 내용인지' 질문하고, "발음 소리가 어떻게 나는지 궁금하니까 읽어봐 달라"라는 요청까지 열정적으로 답하느라 기진맥진해질 지경이었다. 혼자 있고 싶었는데 귀찮게 됐다며 속으로 투덜거렸지만 사실 달갑고 사랑스러운 관심이었다. 아직도 당시의 대화 내용이 기억날 정도인 걸 보면 선명하게 큰 추억으로 남은 건 확실한 것 같군.

  왠지 비혼의 인생은 조금 더 철두철미하게 기획된, 절대 타협하지 않는 인생 플랜이 있을 것 같다고 한다. 똑소리나게 알아서 잘 살 것 같은 인생에는 누구도 댓글을 달아주지 않는다. 아무런 여지도 없고 궁금해할 빈틈조차 주지 않는 인생이라면 누구라도 말 걸기 어려울 것이다. 그렇게 '말 걸기 어려운 혼자'가 될까 염려하고 돌아보게 된다. 나는 항상 '말 걸기 쉬운 사람'이 되고 싶다.

말 걸기 쉬운 사람이 되고 싶다는 것은 자칫하면 만만해 보일 수 있는 위험을 감수하는 일이다. 대답하기 어려운 질문도 대답하기 싫은 질문도 불쑥 울타리를 넘어 들어올 수 있다. 누구에게나 '침범'하듯 훅 들어오는 소통은 누구에게나 두렵고 어려운 것이겠지만 가끔은 그런 교류들을 통해 탐험하고 모험할 수 있다. 마치 여행지에서 낯선 이가 갑작스럽게 물어오는 질문처럼. 여행지에서는 종종 뜻밖의 질문을 받고 뜻밖의 대답을 하기도 한다. 공식처럼 적절한 대답을 정해 놓고 있던 어떠한 인생의 질문들에 대해, 여행지에서만큼은 스스로가 깜짝 놀랄 정도의 대답이 무심하게 튀어나올 때가 있지 않은가. 말한 적 없었던 진짜 기분, 진짜 마음, 진짜 생각.

죽을 때까지 연애하기

——— 모든 포유동물은 암수 모두 암컷의 배란 시기를 아는데, 유독 사람만 배란 시기를 모른다고 한다.[8]

여성의 배란기를 드러내지 않도록 발정기가 사라지는 방향으로 인간이 진화했다는 점은 결혼과 출산 계획이 없는 나의 '이기적인 인생계획'에 소소하게 힘을 실어주는 것만 같다. 이기적 유전자를 싣고 다음 세대를 향해 직진하던 트럭 같은 존재인 내가, 갑자기 유전자의 목적지를 무시하고 핸들을 꺾어 내 갈 길을 가는 것이다. 적어도 내가 살고 있는 '나'라는 이 한 세대 안에서는 트럭 운전자인 '내 맘(!)'이 주도권을 잡을 수 있다.

이기적으로 살면 혼자가 될 것 같다고 생각하는 사람들이 있다. 결혼하지 않으면, 내 가정이 없으면, 내 사람도 없이 노년을 맞이하고 외롭게 죽을 수도 있다는 생각. 그래서 장기적 혼삶을 결심한 사람들 중에서 반려할 수 있는 동반자를 찾고 함께 하는 이야기들을 들으면 한숨 놓이는 것 같은 따뜻한 기분이 들기도 한다. 연인이거나 친구이거나 다른 형태의 가족일 수도 있을 그 동반자가 참 탐난다. 혼삶에게는 서로의 인생관을 인정하고 함께 해 나갈 동반자를 찾는 것도, 또 그 관계를 유지하는 것도 난이도가 더 높을 수 있다는 것을 인지하고 있기에.

"연애는 필수일까요?"

취향을 기반으로 소셜 모임 플랫폼인 '남의집[9]'의 호스트(모임장)로서 〈여행블로거의 혼삶가이드〉라는 제목으로 꾸준히 모임을 열고 있다. 혼삶, 혼술, 혼행으로 시작하는 대화가 깊어지면 자연스럽게 자취, 독립, 결혼, 비혼, 동거에 대한 에피소드와 생각을 나누게 되는데 그 모임에서 자주 언급되는 질문 중 하나이다.

계획적으로 결혼하지 않는 사람들은 대략 두 가지 부류로 나뉜다. 결혼과 관련된 생각 자체를 거의 안 하는 부류와, 누구보다 결혼에 대해 다각도로 많은 생각을 하는 부류. 후자에 해당하는 나는 타고난 재능인 상상력을 기반으로 결혼 전후의 삶에 대해 어마어마한 상상을 하곤 했다. 결혼과 관련된 상상, 로망, 욕망, 내가 선호하는 종류의 쾌락과 가치관에 대해 생각해 보고 그 뿌리에 있는 핵심 원인(root cause)이나 진짜 내가 필요로 하는 것(root needs)을 파고 들어가 봤다. 다행히도 내가 결혼을 상상하면서 원했던 요소들은 결혼하지 않고도 살짝 우회해서 충족할 수 있는 것들이었다.

하지만 연애를 하지 않고는 충족하기 어려운 것들이 있더라. 나는 연인과의 인간관계를 통해 영감과 에너지, 교훈, 인사이트와 필요한 호르몬을 얻는다. 사랑을 받는 것도 중요하지만 사랑을 쓸 일이 없을 때, 사랑을 맘껏 생산하고 발휘할 수가 없을 때 나는 조금 다른 사람이 된다.

애정을 쏟을 수 있는 '반려 00'은 다양하다. 하지만 반려 식물을 매번 죽게 만드는 슬픈 재주(?)가 있으며 여행블로 거로서 집을 밥 먹듯이 비우기에 반려 동물과도 함께 하기 어려운 나로서는 더욱더 '반려인'의 존재가 중하다. 그렇 기에 나의 인생 로망은 '결혼하지 않더라도 죽을 때까지 연 애하기'. 얼핏 봐도 난이도가 상당할 것 같지 않은가?

내 유전자는 자기를 보존하고 번식하는 것을 목적으로 이 기적인 진화를 계속해 왔을 것이다. 그 이기적 유전자보다 훨씬 더 이기적인 나는, 내가 정립한 사명과 '내가 사는 삶' 의 생존, 이러한 라이프스타일 자체의 생존을 위해 진화하 고 있다. '나'라는 한 세대 안에서 일어나는 진화는 유전자 의 진화를 이길 수 있을 만큼 빠를 거라고 믿어본다. 죽을 때까지 연애하면서 살고 싶다는 내 로망을 실현하기 위해 조금 더 사랑을 깊이 이해하는 사람, 사랑의 그릇이 큰 사 람으로 진화해야겠군.

자... 어떻게?

여행 중에 사랑을 만나기 쉬운 이유

─── 혼자 여행을 즐기는 여행블로거에게 사람들이 궁금해하는 것들이 있다. 여행지에서의 혼밥 혼술이 쑥스럽지 않은지, 여자 혼자 다니기에 무섭거나 위험하지 않은지. 그중에서도 가장 청중(?)의 눈을 반짝이게 하는 주제는 아무래도 '여행지에서의 로맨스'일 것이다.

화장은커녕 씻지도 못한 거지꼴을 하고도 여행지에서의 로맨스가 가능하다는 것이 새삼 감사하다. 화장을 하지 않아도 '외모 가꾸기를 싫어한다', '게으르다'라는 등의 견해로 이어지지 않는다. 매너의 룰, 유혹의 룰, 관계의 룰 같은 것은 모두 달라지고 여행자로서의 새로운 룰이 적용되는 것이다. No rules rules! (규칙이 없다는 게 규칙) [10]

"편견은 내가 다른 사람을 사랑하지 못하게 하고 오만은 나를 다른 사람이 사랑할 수 없게 만든다."

사랑이 필요하고, 사랑하고 싶다고 늘 이야기하는 사람들 중 일부는 사실 오만과 편견을 내려놓을 의사가 없기도 하다. 상대가 오만한 자신을 이해해주고, 심지어는 그런 면을 더 반겨주길 기대하기도 한다. 자신의 편견으로 가득찬 엄격한 심사를 통과할 만한 '수준 높은' 누군가와 사랑하기를 꿈꾸는 것. 이런 바늘구멍을 통과하는 누군가가 있다면 자신이 사랑할 만큼 충분히 훌륭한 사람이며 스스로와 아주 잘 맞는 사람일 것이라 생각하기 쉽지만, 오만과 편견을 기반으로 한 '필터링'은 그 효과도 적을뿐더러 부작용이 더 크다.

오만은 무례하고 거만한 태도만을 일컫는 게 아닐 것이다. 나 자신의 가치를 모르는 것, 나에 대한 무지, 나 스스로를 저평가하는 낮은 자존심 때문에 '나를 사랑하지 않는 게 아닐까?' '나를 사랑할 리가 없어'라고 섣불리 생각하는 것도 큰 범위에서의 오만일 수 있다. 타인의 애정을 순수하게 믿지도 받지도 못하는 그런 잡념의 기저에는 오만함이 깔려있다. '(이런 날 사랑하다니) 그럴 리가 없지 않은가'라는 의심 앞에서 '그러고 있는' 상대는 뭐가 되겠는가! 잠깐의 의심도 예의가 아니다, 어떤 사랑에게는.

나를 일상에서 뚝 떼어다가 처음 보는 곳에 덩그러니 놔두면 내 시선과 관점은 잠시나마 깨끗한 물에 담갔다 꺼낸 것처럼 새로워진다. 여행지에서는 평소에 볼 수 없었던 나 자신을 만나기도 하고 평소에는 접할 수 없었던 종류의 사람을 만나기도 하고 평소와는 다른 이유로 누군가에게 끌리기도 한다. 하찮은 농담에 더 후하게 웃어주고 큰 실수 앞에서도 너그러워진다. 급할 것도 없고 아쉬울 것도 없는 것처럼 굴기도 한다.

그렇게 가장 관대한 버전의 나를 꺼내놓고 하루하루를 여행한다. 이럴 때의 나는 오만해 보이는 사람과도 한 마디를 더 나눠보고, 상대가 가진 편견의 담을 훌쩍 넘어 '나는 (편견 없이) 빈손으로 왔소' 하며 오직 선의만을 선물하려고 노력한다.

여행지에는 누구나 평소와는 조금씩 다른 버전의 자신을 챙겨 온다. 그 가면을 의심하고 진짜 상대를 파악하려 하는 것보다는 상대가 보여주는 그날의 그 사람을 믿고 사랑하는 것. 그게 많은 사람들이 여행지에서의 사랑을 특별하게 기억하는 이유 아닐까.

성감대 vs 정(情)감대

———— 나는 어른들이 반기는 조숙한 초등학생이었다. 당시의 조숙함이라 하면, '다루기 편리하고 함께하기 편안한 아이'였다는 뜻이다. 속으로 백 마디 말을 떠올리다가 결국 말없이 웃음으로 대답하곤 했다. 그 온화한 초등학생은 딱히 귀찮은 내색도 없이 초등학교 4학년 때부터 할아버지와 함께 새벽 산책을 다녔다.

분명 10분 전에 아파트 주차장을 지나쳤는데 어느새 100년 넘었을 것 같은 나무 밑 정자가 보이다가 이윽고 개울

소리도 들리고 주변이 논밭으로 가득 차는 그런 경험. 몇 학년인지 열 번도 넘게 물으시던 시골 어르신께 옥수수 같은 걸 받아서 돌아오기도 했다. 그때 나는 영혼이 뭔지 잘 몰랐지만, 이건 마치 매일 아침 내 영혼을 꺼내서 시골 새벽바람에 헹구고 오는 것 같다고 생각했다.

나는 5학년이 되었고 할아버지는 한 살 더 지치셨다. 더이상 새벽 4시 30분이 되어도 나가자고 챙기는 사람이 없었지만 그럼에도 나는 주섬주섬 그 시간에 밖으로 나섰다.

시골 마을 대신에 놀이터로 가서 맨손체조(!)를 했다. 이어서 그네를 타며 명상시간(!!)을 갖고, 서서히 밝아오는 아침 하늘을 보다가 집에 들어와서 등교 준비를 했다. 이것은 아침마다 스스로의 영육(靈肉)을 돌보는 루틴(routine)으로 자리 잡았고, 그 좋은 습관은 이 애늙은이가 진짜 늙은이가 되어가는 과정에서 자연 소멸했다....... 허허

영육의 조화. 뇌과학과 호르몬의 영역에서 그것들을 어떻

게 정리하고 공식화하는지의 구조(mechanism)까지는 당시엔 생각지도 못했지만, 운 좋게도 이렇게 자연과 사람을 통해 일종의 순환 같은 것을 체험할 수 있었던 것 같다. 내 신체에 일어나는 일이 – 어떤 감각으로 내게 와닿고 – 그 자극은 어떤 기분이나 정서가 되어 – 영적으로 어떤 영향을 미치는지. 마치 인생의 단계마다 이 순서대로 무언가에 몰두하며 살게 되는 것 같다는 생각도 든다. '신체' 그 자체와 감각적인 스킨십에 집중하던 청소년기를 지나서 – '로맨스'로서의 정서적인 성공 경험을 쌓는 데 여념이 없이 성인이 되었고 – 이후에는 점점 더 영혼을 관통하는 무언가를 갈망하게 되었다고 할까.

"나랑 영혼을 나누자"라고 어필하는 것은 내겐 매우 어색한 일이다. 차라리 성감대를 말하는 것은 어렵지 않겠으나, 나와 진중하게 정을 나누자며 '정(情)감대'를 드러내는 것이 아직도 그토록 쑥스럽고 망설여진다. 나는 어깨 뒤쪽을 손으로 살포시 짚어주면 갑자기 설레고 벅찬 기분이 든다고. 내 발등에 누군가의 발등을 비비면 영화 〈아바타〉에서처럼 잠시나마 상대와 연결된 것 같은 기분이 든다고. 날개뼈 사이의 그 어딘가를 어루만지면, 지은 적도 없는 죄를 내려놓는 기분이 들면서 버겁게 느껴졌던 어떤 장애물을 풀쩍- 뛰어넘을 수 있을 것 같은 용기가 솟는다고. 그렇게 갑자기 웃음이 나기도, 갑자기 눈물이 나기도 한다고.

드라마 〈시크릿 가든〉에서 나쁜 꿈을 꾸며 잔뜩 찌푸리는 여주인공(하지원 분)을 바라보던 남주인공(현빈 분)은 가만히 자신의 손가락을 그녀의 이마, 정확히는 미간 사이에 살포시(그러나 꾸욱-) 올려놓는다. 그러자 꿈틀대며 구겨졌던 미간이 펴지며 그녀 얼굴 전체의 긴장이 풀렸다. 나쁜 꿈을 따뜻한 손가락으로 녹인 것 같았다. 그때 나는, 미간 사이 그곳이 그녀의 정감대라고 느꼈다. 서로의 정감대를 어루만지는 건, 뭉친 근육을 풀어주는 따뜻한 마사지 같다. 울퉁불퉁 불규칙하게 굳어있는 정서와 영혼을 풀어주는 마사지.

성감대가 신체 구조 상 외부로부터의 위협에 취약한 곳에 해당하는 경우가 많듯 '정감대'도 내 정신의 취약한 부분으로 이어지는 문 같다고 생각하게 된다. 그렇기에 성감대와는 조금 다른 종류의 접촉 방식이 정감대에는 적합하다고 느낀다. '정감대'를 만족시키기 위한 궁극의 스킨십은 단순히 닿거나, 찌르거나, 누르거나, 잡는 등의 방법을 넘어서야 한다. 따뜻하게 감싸고 덮어야 한다.

한 번만 만지고 싶다.

'뭐 이런 얼토당토않은 설정이 있어?'라고 하면서도 내가 깊이 빠져들었던 드라마인 〈별에서 온 그대〉에서 천송이(전지현 분)는 기약 없이 헤어진 도민준(김수현 분)을 그리워할 때 '보고 싶다' '안고 싶다'가 아닌, 한 번만 '만지고 싶다'라는 말을 나지막이 뱉으며 사무친 그리움을 토한다. 연결되고자 하는 욕구는 여러 형태로 발현되지만 그중에서도 '닿고 싶다'에 해당하는 이 마음은 왜 이렇게도 짠할까. 내가 죽도록 사랑하는 연인을 6개월 넘게 만나지 못했을 때 가장 사무치게 그리워한 것도 그의 어깨나 입술이 아닌 '뺨'이었다. 내게 가장 사랑스러운 그 얼굴에 내 손을 살짝 갖다 대고 그저 엄지로 살짝 쓸어주고 싶었다. 어여쁘고 소중한 뺨을.

혼자 살기로 계획한 내가 박완서 작가의 소설 『황혼』을 처음 읽었을 때 뜬금없이 이런 걱정을 했었다.

'언젠가, '정감대'를 나눌 누군가가 사라지면 어떡하지?'

'누구와도 닿지 않고 살게 되면 어떡하지?'

인간은 생존하기 위해 사람을 필요로 하기 때문에, 사람과 관계하는 그 고난도의 미션을 포기하지 않고 끊임없이 추구하게 만들기 위해 그에 대한 보상으로 사회적, 신체적 접촉에 쾌감이 따르도록 설계된 존재라는데[11]……. 혼자 살면서도 생존에 불리해지지 않으려면 혼삶은 더욱 적극적이고 탄탄한 인간관계로 이를 상쇄해야 하는 게 아닐까 생각했다. 갑자기 명치 쪽이 매우 갑갑해졌다.

그 사람 마음을 다 알 것 같고 그 사람도 나를 전부 알아주는 것만 같아서 뜨끈하게 울컥해지는 그런 애정이 오가는 곳이 '정감대'이다. 누군가 나의 '정감대'에 충실한 애정을 쏟으면 어떨까, 그럴 때의 나는 온몸이 성감대가 될 것 같은데?

창의적인 인생을 디자인하는 편식의 미덕

——— 섬세하게 라면 면발을 집어 들고 티 나지 않게 젓
가락에 살짝 반동을 줘서 눈에 거슬리는 '후레이크(채소 조
각들)'를 털어낸다. 학교 급식 메뉴 중 가장 내 맘에 들었던
건 공산품 그대로 주는 '도시락 김'. 이 세상 어린이들에게
"어떤 음식을 싫어하나요?"라는 설문조사를 돌려서 그 응
답을 전부 취합하면 그게 나의 편식 리스트가 되었을지도
모르겠다. 깊이 있게(?) 편식해 본 사람들이라면 공감할 것
이다, 입으로 편식하기 전에 눈으로도 편식한다는 것을.

까탈스럽게 굴지 않을 뿐 매우 까다로운 나의 식습관이
처음부터 취향으로서 인정받을 수 있었던 건 아니다.

 "이렇게 맛있는 걸 왜 안 먹어?"

 "꾹 참고 먹다 보면 적응돼"

 "아, 일단 한 번만 먹어 봐"

다양한 멘트로 유혹을 시도하는 여러 도전자(?)들이 있었
으나 대부분 결과는 참패.

 상대방은 자신이 좋아하는 음식의 세계로 나를 함께 데려
가기 위해 갖가지 방법을 써서 적극적으로 유도한다. 치킨
이라는 천국을 맛보지 못한 내가 너무나도 안타깝고, 이렇
게나 몸에 좋은 김치를 안 먹겠다고 하니 비실비실 키도 안
크면 어쩌나 하고 여간 걱정이 되는 모양이다.

 하지만 음식의 우주는 생각보다 넓다. 정작 나는 그들이
모르는 세상의 숱한 다른 음식들을 즐기며 산다. 내키지 않

는 음식을 거르고 내 체질에 맞는 것들을 골라 먹으니 영양 상태는 오히려 더 좋다. 무협지에 나오는 '00단', '00환'처럼 내상을 치료해 주고 생명을 살리는 음식이 아닌 이상, 싫은 음식을 안 먹고살아도 전혀 지장이 없다.

어른이 되어 여러 문화권을 여행하면서 조금은 관대해졌다. 로마에서 '풍기 피자(Funghi pizza)'를 흡입하는 나를 보는 누구라도 내가 버섯을 싫어했었다는 사실을 눈치채기 어려울 것이고, 콩밥에는 손도 안 대던 내가 영국식 브런치로 베이크드 빈(baked bean)이나 중동 음식의 병아리 콩(Chick peas)을 이렇게나 애정하게 된 것도 놀라운 일이다.

하지만 지금까지도 내가 편식하는 음식들(그중에서도 가장 주변 사람들을 놀라게 만드는)이 있는데 대표적인 것이 바로 치킨이다(!). 그리고 족발과 곱창도 별로다(!!). 심지어 돈까스도 안 좋아한다(!!!). 사실 삼겹살도 좋아하지 않지만 왠지 쑥스러워서 주변에 적극적으로 밝히지 못했다.

어렸을 때 싫어했던 수많은 음식들을 지금은 매우 사랑하게 되었지만, 그럼에도 불구하고 마지막까지 편식 리스트를 굳건히 지키는 이 메뉴들이야말로 진정한 나의 식(食)취향을 알게 해 준다.

인생에서의 가치관도 그렇다고 생각한다. 단순히 경험치와 포용력이 적었기 때문에 막연하게 싫어했던 것들은 나도 모르게 어느새 받아들이게 되기도 한다. 그렇게 블랙리스트에 올려두었던 '과거의 고집'들을 이렇게 하나씩 하나씩 지워나가도 끝까지 남아있는 항목들이 있다. 그런 핵심적인 가치관들은 나와 오랜 시간을 함께 하면서 인생의 사명과 비전이 된다.

녹색 채소를 사랑하게 된 지금은 뭐라 할 말이 없다. 당시의 편식 습관 중 대부분은 흔적도 없이 사라졌기에. 지금의 내 가치관도 영원불멸의 것은 아니겠지. 새삼스럽게 좋아하게 될 인생의 맛을 기대하며, 섬세하고도 관대한 미각을 발달시키기 위해 노력할 뿐.

'죽어도 싫은 것들'의 고집은 점점 줄이고 '차분히 생각해도 내 취향이 아닌 것들'은 담담히 걸러내어 나 자신에게 맞는 인생의 가치관들로만 구성된 메뉴판을 만들자.

나는 비빔밥을 먹을 자격이 없는 사람이다

─────── 나는 비빔밥을 먹을 기본 자질이 안 되는 사람이
다. 고향인 전주에 다녀오겠다고 하면 꼭 "비빔밥 싸와!" 하
며 실없는 농담을 하던 가까운 사람들이 떠오른다. "에이,
전주 사람은 뭐 맨날 비빔밥 먹는 줄 아세요?"라고 하기엔
나는 꽤나 비빔밥을 좋아하고 즐겨 먹는 편이다.

고등학생 때 급식 먹기가 지겨워지면 같은 반 친구들 중
누군가의 일사불란한 리딩 하에 '비빔밥 데이'를 즐기곤 했
다. 나름대로 분야를 나누어 각자 집에서 재료를 챙겨 오는
데, 흰밥 대신 흑미나 현미밥이 섞이는 것은 예삿일. 토핑
으로 고구마 맛탕이나 땅콩 반찬 같은 신선한 품목이 등장

할 때면 그 당혹감을 다 같이 웃어넘기며 즐기는 것 자체가 하나의 문화였다. 케첩에 볶은 비엔나소시지와 연근조림과 멸치볶음 같은 것들을 다 같이 거대한 양푼에 비벼 먹으면 음식 모양새(개..밥?)에 비해 맛이 늘 훌륭해서 여럿이 전쟁처럼 덤벼들곤 했다.

  혼자 나들이하던 하루의 저녁식사로 비빔밥을 택한 최근의 어느 날이었다. 나는 대충 슥슥 비비는 척하면서 젓가락으로 먹기 싫은 재료를 필터링해서 한쪽으로 기술 좋게 몰아 놓곤 한다. 누군가는 비빔밥에 빠져선 안 될 재료라고 말할 만한 무생채는 특유의 아삭아삭 혼자 살아남는 식감이 거슬려서 탈락이다. 이날도 언제나처럼 나는 유려한 숟가락 놀림으로 귀하게 몇 알 들어있는 노란 은행 열매를 걸러내어 틱- 하고 그릇 구석으로 쳐냈다.

  그렇게 은행만 덩그러니 남겨두고 그릇을 거의 비웠을 때쯤, 갑자기 뜬금없게도 은행이 안타깝다는 생각이 들었다.

'아깝다'가 아닌 '안타깝다'라는 마음. 내 마음에 들지 않는 무언가를 아주 능숙하게 따돌린 것 같은 생각.

비빔밥은 무릇, 화합과 포용을 상징하는 멋진 음식 아니던가. 하지만 나는 비빔밥이라는 형식, 형태만 애정할 뿐 그 본질을 진심으로 받아들일 준비가 되어있지 않은 편식쟁이, 'picky eater(골라먹는 사람)'다. 누군가가 아무리 식재료를 모두 섞어 먹어야 더 맛있다고 이야기해도 나는 좋아하는 것만을 pick 해서 먹는 그런 사람이다. 삶에 있어서도 크게 다르지 않다.

남들이 맛있다고 하는 모든 것을 다 먹을 수는 없고, 남들이 권하는 인생을 내가 다 살 수는 없다고 생각한다. 내게 맞는 삶의 요소만을 반찬 골라내듯 꼬집어 내려고 노력하는 사람이다. 결혼을 하지 않는 계획이 있지만, 많은 사람들이 결혼을 통해 얻는 좋은 점들은 하나씩 쏙 쏙 골라내어 어떻게든 가져가려고 한다. 무생채와 은행을 어떻게든 따돌리고 비빔밥을 먹으려는 사람이다.

나의 이러한 편식에는 리스크가 따라온다. 내가 걸러낸 것들을 대신해서 내게 필요한 영양을 가져다줄 대안을 고민해야 한다. 어쩔 수 없이 눈 딱 감고 싫은 것을 입에 넣어야 하는 상황도 생긴다, 생떼 쓰는 고집쟁이처럼 살고 싶지 않기에.

그리고 그 기반에는 교만함이 깔려있다. 내 입맛도 취향도 변하지 않았을 것이라는 거만한 가정을 기본으로 한다. 혹시나 내 입맛이 변화했다면 새로운 음식을 즐길 수 있는 기회를 잃는 것과 마찬가지임에도 불구하고 그 기회의 손실까지 감당하겠다는 교만. 한번 내 영역 바깥으로 밀어낸 것을 다시 받아들이지 않으려는 못난 관성. 어떤 음식과의 첫 만남, 첫인상 때문에 나중에 언젠가 다른 맛집에서 같은 음식을 마주하게 되더라도 먹어 볼 생각조차 들지 않게 만드는 방어기제가 생긴다.

그럼에도 불구하고 나이를 먹으면서 더욱더 편식을 하게 되기도 한다. 소화능력이 떨어지게 되니 이것저것 많이 먹기도 힘들어지기에 한 끼의 식사를 어떤 음식으로 채우느냐 하는 문제는 생각보다 더 중요해진다. 그 한 끼의 소중한 기회를 좋아하는 음식으로 가득 채우되 새로운 음식을 두려워하지도 않을 수 있다면 좋겠다. 그러기 위해서는 내가 좋아하는 것들에 대해 더 깊이 있고 세밀하게 이해할 필요가 있겠다. 소화능력이 좋은 시절에 되도록 다양한 음식을 먹어 보면서 경험의 영역을 넓히는 것이 좋다. 내가 싫어하는 음식을 골라내고도 건강하게 한 끼 식사를 할 수 있도록. 그를 통해서 내가 원하는 식생활, 내가 원하는 삶의 모습을 잘 디자인해 나가면 이후의 삶에서 계속 편식을 한다고 해도 그에 따른 리스크는 줄어들 것이다.

이렇게 밥맛 떨어지는(?) 생각들을 이어나가며 비빔밥을 다 비우고는, 눈길조차 주지 않던 '영역 밖' 반찬들을 하나씩 입에 넣어봤다. 알고 보니 나랑 꽤 잘 맞는 반찬들이었다. 하나같이 따돌림당할 이유는 없는 반찬들.

Ancon Beach, Cuba

'독사에게 물리면 이렇게 되려나?'

'사약을 마시면 지금 이런 고통이 식도 전체에서 느껴지는 거겠지?!'

해파리 테러로 혈관이 불탄다. 화상을 입은 듯한 화끈함이 피부가 아닌 몸 안에서 느껴지니 손을 댈 수도 없고 그저 온전히 고통스러워할 수밖에.

쿠바 '앙꼰 비치/Ancon Beach'는 사람이 없어 한적하고 여유로웠다. 해변 전체를 나 혼자 전세 낸 듯 실컷 누릴 수 있다는 생각에 괜히 더 기분이 산뜻해졌다. '제주도 용암수 아이스크림' 색 (a.k.a. 소다색)에 가까운 바다 빛이 참 예뻤고 파도 없이 잔잔해서 더 맑았다.

'파울로 코엘료'의 『히피/Hippie』라는 책을 멀쩡한 한글 번역본 놔두고 굳이 원서로 챙겨 오는 바람에 몇 장 읽다 말고 단어 찾느라 고생이다. 하지만 왠지 모를 지적 허영심이 슬그머니 밀려오는 게 꽤 기분 좋은데? 기분 낼 정도로만 짧게 책을 읽다가 책갈피도 끼우지 않고 대충 접어 넣고는 아직 반 정도 남아있던 '크리스탈 캔맥주(Cerveza CRISTAL)'를 다급하게 목구멍에 털어 넣었다.

바다로 뛰어들어가서 발 밑을 보니 '내가 수돗물을 대야에 받아 놓고 있는 건가?' 싶을 정도로 물빛이 맑아서 발톱이 생생하게 보인다. 소지품을 아무 데나 툭 던져두고 놀아도 훔쳐 갈 사람이 없어 보이는 한적한 해변이라 나는 더 마음을 놓고 정수리 끝까지 바닷속으로 푹 담갔다.

얼마 놀지도 않았는데 갑자기 살짝 모기가 문 것처럼 뭔가 허리

춤이 따끔하더니, 앞쪽 배 전체가 전기 충격기를 갖다 댄 것처럼 찌리리리릿??!!!! 정신없이 파지지직!!!

"아, 너, 설마 그거냐?!"

지독한 어류 공포증[12] 때문에 수산시장은 일행 없이 절대 가지 않고 횟집에 가도 눈 위에 깻잎을 던져 덮어주는 나이기에 고통보다도 두려움이 커서 패닉 상태가 되었다. (영화 '불한당'에서도 나 같은 사람이 나오길래 너무 반가웠지!) 파리가 귀에서 윙윙댈 때처럼 소름 끼치는 기분을 떨쳐내려 손을 초고속으로 움직여서 배 위를 파다닥 훑는다. 동시에 괴상한 신음을 내며 물 밖으로 뛰쳐나와서 보니 날 공격한 발칙한 생물은!

맞네 해파리.

근데 이게 생각보다 꽤 아프다? 공포증과 뜨거운 쿠바 태양 때문에 더 그랬는지는 몰라도 정신을 붙잡기가 어렵고 눈도 이상하게 뜨고 있는 기분이었다. 뭔가 해야 한다. 비틀비틀 걸어가서 저 멀리 선베드(sun bed)를 빌려줬던 관리인에게 쏘인 부위를 냅다 보여줬다. 그가 의연하게 나를 안심시키며 이것저것 설명 하는 사이에 주변에서 쉬고 있던 한 휴양객이 식초를 희석한 물 을 바르라고 가져다줬다. 흉측한 혈관의 모습이 나아지지 않자, 어디선가 하나둘씩 사람들이 모여들어서 각자의 고견(?)을 더하 기 시작했다. 마시고 있던 시원한 음료를 배에 부어주기도 하고, 누군가는 낯선 약품의 이름을 내게 거듭 일러주기도 했다.

'이 해변에 나 말고도 사람이 있었던가?'

내가 혼자라고 생각하는 건 나 혼자뿐이었나.

식초물을 배에 문질문질 하니 냄새가 꽤나 고약하다. 사실 효과 가 있는지는 전혀 모르겠지만 혈관 안쪽이 불타는 듯한 고통 탓 에 뭐라도 해야 할 것 같으니 어쩔 수가 없다. 독이 퍼지면서 배에 있는 혈관이 눈에 드러나게 튀어나온다. 나뭇가지처럼 퍼지는 그 모양이 은근히 예쁘게 보여서 더 승질이 났다. 어린 시절 '물감 불기'를 아는가? 물감 한 방울 툭 떨어뜨린 후 후후 불어서 가지처럼 뻗어나가게 모양을 내는 그런 그림.

고통을 잊어보려 갖은 애를 쓰다가 순간.......! '아, 이럴 게 아니지? 생생하게 기억해야지!' 싶어서 갑자기 변태적으로 감각에 집중했다. 캡사이신을 들이부은 것처럼 피부 전체가 쓰라리고 따가운 거 같기도 하고, 혈관 깊숙한 안쪽 벽이 엄청나게 맵고 뜨겁기도 하고. 시간이 지나면서 혈관이 더 넓게 부어올랐다. 독한 럼주를 목구멍에 부어가며 고통을 잊곤 하던 영화 주인공인 캐리비안의 '잭 스패로우'를 떠올리며 시원한 칵테일인 '다이퀴리(Daiquiri)'를 한 잔 사 와서 상처 위에 얹어 열감을 달래 본다.

혼자 하는 여행에서는 아주 사소한 에피소드라도 평소와 조금 다르게 받아들이게 된다. 나는 혼자 놀고 있었지만, 정말 혼자는 아니었다.

다행히도 오늘 내게는 해변의 정다운 조력자들이 있었지만, 만약 이럴 때 정말로 아예 혼자였다면 어땠을까 하는 생각도 해 보게 된다. 혼자 살면서도 정말 혼자이지는 않으려면 어떻게 해야 하는지 고민한다. 결혼하지 않고 혼삶을 계속한다면 나는 언젠가 정말 혼자가 될 것 같다는 생각을 하곤 하지만, 오늘 같은 일을 겪으니 한 개인은 언제나 주변 사람과 환경이나 사회, 문화와 연대하고 있는 존재라는 기분이 든다. 이 기분은 꽤나 따뜻하군.

 쓰린 배를 부여잡고 마을로 돌아와 저녁식사할 곳을 둘러본다. 갑자기 해파리냉채를 좋아하시는 우리 엄마 생각이 났다. (엄마한테 이르고 싶다. 엄마가 해파리 너 녀석을 씹어먹어 버릴(?) 것이다!) 해파리에게 테러 당한 날이니 동족인(?) 수중생물에게 복수하고픈 마음이 생겨서 랍스터를 먹었다. 해파리에게 뺨 맞고 랍스터에게 화풀이하는 건 생각보다 속이 시원한 선택이었다. 맛있기도 어마어마하게 맛있었고.

 해파리 흉터는 여행 세 달이 지난 후에야 조금씩 사라졌다.

 나는 여전히 혼자 여행한다.

3.

정말 혼자가 되는 순간

New York, United States

"우리의 언어는 현명하게도 혼자 있음의

두 측면에 대해 각기 다른 단어를 남겼다.

혼자 있음의 고통에 대해서는 외로움이라는 단어를,

혼자 있음의 영광에 대해선 고독이란 단어를."

- 폴 틸리히(Paul Tillich)

비혼? 납득이 안 돼, 납득이!

"그만 좀 해! 세상 사람들이 다 당신 같진 않아!"

"나도 알아. 그게 바로 사람들의 문제점이지."

———— 찰스 부코스키의 책, 『할리우드』[13]의 이 대목은 말 그대로 나를 뒷목 잡고 뜨억하게 만들었다. 나는 이 책의 주인공처럼 이런 대사를 뱉을 수 있는 위인이 아니었다. 혼삶에 대한 나의 생각을 주변 사람들에게 이야기하다 보면, 듣는 이들이 자연스럽게 내가 '혼삶을 결정한 이유'를 친절하게 설명해서 납득시켜 줄 거라고 기대하는 것 같기도 했다. 내가 결혼하지 않는 계획을 갖게 된 계기나 감정도 중요하지만, 부정할 수 없을 만한 탄탄한 논리로 내가

그들을 설득해 주길 기대하기도 한다. 더 나아가서는 그들이 나의 혼삶을 걱정하지 않아도 될 정도로 내가 '준비되어 있길' 기대했다.

책 『비혼수업』[14]에서는 이렇게 말한다.

"우리는 세상을 납득시킬 필요가 없다. 삶의 모양 중 하나인 비혼을 납득시키거나 설명하려고 애쓰지 말자. 내가 아이스크림을 좋아하는 이유를 남들에게 설명할 필요가 없듯이."

그건 그렇지. 결혼하지 않는 계획에 대해서 타인을 납득시킬 필요는 없었다. (불법도 아니고 누가 잡아가는 것도 아니다!) 하지만 납득시킬 '필요'가 없다고 해서 그러고 싶은 '니즈'도 없는 것은 아니었다. 누구에게나 자신의 결정을 납득시키고 싶은 대상이 있지 않나, 이해시키고 싶은 사람이 있지 않나. 아이스크림을 좋아한다고 해서 그 이유를 남들에게 설명할 필요는 없지만 내가 좋아하는 아이스크림을 같이 먹고 싶은 사람들이 있지 않느냐 말이다.

온통 아이스크림을 좋아하는 사람들에게 둘러싸여 있다고 상상해 본다.

상상 속의 그들은 서로 만나기만 하면 쉴 틈 없이 요새 무슨 아이스크림이 맛있는지 이야기하고, 그들끼리 신제품 소식을 공유하며 같이 아이스크림을 먹으러 가기도 한다. 이런 '아이스크림 연대' 속에 있다 보면 나조차도 아이스크림을 점점 좋아하게 될 것이다. 세상에는 아이스크림을 좋아하지 않는 사람들도 존재한다는 사실을 까맣게 잊은 채로.

그런 내가 어느 날 새로운 사람들과의 술자리에 갔다가 간식을 사러 편의점에 들르게 되고, 자연스럽게 아이스크림을 한 봉지 한가득 사서 하나씩 나눠준다. 그중 한 명은 아이스크림을 바로 뜯지 않고 테이블에 올려만 두고 있다. 그러면 나는 "왜 안 먹어요? 그거 맛있는데"라고 말한다. 내 말이 뭐가 잘못됐는지 생각조차 않는다. 사실 나는 아이스크림을 앞에 두고 시큰둥하게 구는 그 사람의 반응이 살짝 밉기까지 하다.

아이스크림을 안 먹는 사람도 있을지 모른다고 미리 배려해서 무난한 음료도 몇 개 섞어서 사 오던 그런 나는 없다. 오히려 그 사람이 나를 납득시켜야 분위기가 무난하게 흘러간다. "원래 단 거 안 먹어서요","속이 차면 배탈이 나서요","배가 불러서요" 그 이유가 뭐가 됐든.

만약 내가 내 삶을 나와 비슷한 사람들로만 채우면, 나는 이런 '아이스크림 연대' 속에서 살게 될 것만 같다. 결혼이 든 비혼이든 내가 좋아하는 가치관에만 꽂혀, 그것을 '모두 가 당연히 좋아할 아이스크림'처럼 여기게 될 것 같다.

가끔 비혼 계획을 표현하는 분들을 만나면 왠지 모르게 반갑고 동지애마저 피어오른다. 내 목소리에 공감하는 사람들이 내 주변에 모여서 쌓이는 인간관계는 내 삶의 형태를 지탱해 주는 감사한 연대가 되어주겠지만, 그럴수록 내게 필요한 건 '나와 같은 목소리'가 아니라 '나와 다른 목소리'일 것이다. 때문에 반향실(에코 체임버, Echo Chamber[15]) 문을 열고 나가서 더 다양한 목소리와 소통하고 싶어진다. 내가 쉽게 납득시킬 수 있는 사람들로만 이루어진 인간관계, 나와 다른 의견을 보이는 사람이 전혀 없는 삶은 위험할 수 있다.

  나는 결혼하지 않을 계획이 있지만, 그렇다고 해서 결혼한 친구들의 삶에 관심이 없는 것도 아니고 그 선택에 공감하지 않는 것은 더더욱 아니다. 마찬가지로 결혼한 내 친구들도 결혼하지 않는 내 삶이 궁금할 거라고 믿는다. 주변 사람들이 내 삶에 대해 크고 작은 관심을 가질 때 순수한 애정과 선의까지도 내가 비뚤어진 마음으로 받아들이지 않기 위해서라도 나는 조금은 탄탄하게 준비되어 있고 싶다. 아마도 계속해서 나는 나 자신과 내 주변을 납득시키기 위해 노력하지 않을까, 나의 이 마음이 사랑에서부터 출발하는 한은.

  내가 정성스럽고 조심스럽게 나를 표현하는 데도 불구하고 누군가 내게 눈총을 쏘며(다다다다-) 납득할 수 없다는 반응을 보일 수도 있다. 하지만 그 사실이 어떤 큰 의미를

128

가지는 것은 아니다. 내가 납득시키지 못했다고 해도, 그게 반드시 내 삶의 설득력이 약하다는 뜻은 아니다. 반향실 안에서만 머무르지 않기 위해 소음이 가득한 세상으로 문을 열고 나가는 나 자신의 용기를 칭찬하고, 조금씩 더 마음에 드는 표현을 익히게 되는 스스로에 만족하자.

단지 납득하기 어렵다는 이유만으로 누군가 나를 공격해 온다면 그때부터는 내 영역이 아니다. 그것은 단지, 그 상대방의 포용력 부족을 드러낼 뿐 아니겠는가.

fake 고독 걸러내기

──── 나를 '서울패션위크(Seoul Fashion Week)' 패션쇼에 초대해 준 건 여성의 야망을 당당하게 드러내는 것으로 알려진 디자이너 브랜드였다. 그 가치관에 맞는 옷차림을 엄선하다가 최종 간택된 건 레드 점프슈트. (패션을 논할 때는 영어를 써 줘야 제맛, 붉은색이라고 부를 수는 없는 법이다!)

갑자기 겨울이 온다는 것을 실감하게 되는 날이 있지 않은가. 사람들이 한꺼번에 전기장판을 꺼내고 패딩도 꺼내서 세탁하는 그런 날. 패션쇼 당일이 바로 그런 날이었다.

패션을 위해 얼마든지 추위를 감수하기로 마음 먹은 나였기에 두려울 것은 없었지만, 화장실을 사용할 때가 문제였다.

상의, 하의가 한 벌로 이루어진 점프슈트는 화장실을 사용할 때마다 원피스를 벗을 때처럼 등에 달린 지퍼를 다 내려야 하는 옷이었다. (갯벌이나 참치 잡는 배에서 선원들이 입는 작업복을 떠올리면 된다.) 가뜩이나 서늘한 몸에서 외투를 벗어 화장실 옷걸이에 걸어두고 점프슈트까지 벗으면 잠시나마 휑한 맨몸이 된다. 마치 옷가게의 탈의실 안에서 점원이 다른 사이즈의 옷을 가져다 줄 때까지 맨 몸으로 대책 없이 기다리고 있는 것 같은 기분.

놀랍게도 이 순간이 최근 들어서 내가 가장 외로움을 느꼈던 순간이다. 춥고 휑하면, 대체로 서럽다.

얼마 전 '남의집' 소셜 모임에서 '추울 때 외로움을 느끼는 것'에 대해 이야기를 나눈 적이 있다. 나는 그럴 때마다

'성냥팔이 소녀'가 떠올라서 더 외로움이 증폭되는 것 같다고 생각했다. 떠올리면 외로워지는 것들이 있다. '마지막 잎새' 그런 것들.

그러다 내가 별 뜻 없이 한 마디를 뱉었다.

"나는 졸릴 때 외롭던데?"

그러자 또 다른 한 게스트가 고개를 여러 차례 격하게 끄덕이며 "저도요 저도요!" 맞장구를 쳤다.

과학적으로 일리가 있는 걸까 궁금해졌다. 추울 때나 졸릴 때 외롭다는 생각을 하게 되는 현상 말이다. 그렇다면 이런 것들은 진짜 외로움일까, 아니면 잠이 필요하고 담요가 필요한 순간인데 마치 사람으로만 해결할 수 있는 고독인 것처럼 착각하게 되는 것일까. 나를 혼란스럽게 하는 가짜 외로움, 'fake 외로움'을 걷어내고 보니 나는 내가 생각한 것만큼 외로움을 타는 사람은 아닌 것 같다는 생각도 든다.

심심함을 외로움으로 착각하지 말자

——— Q. "혼자 해도 괜찮은 일, 혼자 재밌게 사는 방법 궁금해요. 특히 요즘 외국여행을 못하는데 여행을 대체할 수 있는 재밌는 것들이 뭐가 있을까요?"

'남의집' 소셜 모임에서는 라디오 사연처럼 게스트로부터 미리 접수한 질문들을 위주로 당일에 이야기 나누곤 한다. 지금까지 언급된 키워드는 대략 이 정도다.

#홈카페 #홈베이킹 #피크닉 #다회(茶會) #수제맥주 #와인테이스팅 #위스키바 #스윙댄스 #라틴댄스 #러닝동호회 #등산 #캠핑 #차박 #낚시 #사진 #웨이크보드 #독서모임 #보드게임 #악기연주 #클러빙 #홈오디오 #셀프인테리어 #라탄공방 #프랑스자수 #필라테스 #요가 #주짓수 #클라이밍 #테니스 #아침수영 #글쓰기...... (헉- 헉-)

 이런 대화가 쌓이다 보면 단순하게 취미를 공유하는 시간을 넘어서 권태, 매너리즘, 일상의 쾌락, 새로운 경험을 위한 용기와 같은 키워드로 이야기가 이어지곤 한다. '나는 심심할 때 뭘 하는 사람인지'를 생각하고 낯선 타인과 이야기해 보는 경험 자체로도 각자 자신의 혼삶에서 채우고 싶은 부분이 무엇인지 조금씩 알아가는 데 도움이 되는 것 같다.

 "뭘 하고 놀까?"

혼삶을 살고 있는 나에게 있어서 혼자 지내는 하루하루를 어떻게 채울 것인가 하는 일상 속 취미에 대한 문제는 마치 이런 것과 같다.

"친구들이 전부 학원 가고 나만 놀이터에 있다면, 나는 뭘 하고 놀아야 재밌을까?"

결혼해서 육아에 열중하고 있는 친구들은 종종 이야기하곤 한다. 나중에 아이 다 키우고 나면 우리 실컷 꽃놀이도 페스티벌도 다니며 재미지게 놀자고. 하지만 내 입장에서는 마냥 두 손 놓은 채(?) 잠자코 중년의 삶을 기다리고 있을 수만은 없는 노릇이다. 그건 마치 친구들이 학원 끝날 때까지 혼자 놀이터 모래밭에 땅그지(?)처럼 앉아서 개미 몇 마리 세고 있는 것과 비슷하지 않은가!

나는 내가 꿈꾸는 혼삶의 모습을 위해 꾸준히 훈련한다. 훈련의 목적은 '나 자신을 나와 가장 친한, 가장 재밌게 놀 수 있는 존재로 만드는 것'. 나랑 놀다가 지겨워지는 순간은 어떨 때인지 경험해 보고, 나 자신이 별로 마음에 차지 않을 때에는 또 어떻게 스스로를 어르고 달래서 사이좋게 놀아야 하는지 배워간다. 나 스스로가 맘에 들어 하지 않을 만한 습관은 줄이려고 애쓰고, 내가 기특해할 만한 나 자신을 자주 선보이는 훈련.

내 취향을 알아가는 것도 중요하지만 취향의 틀에 갇히지 않고 이런저런 신문물을 폭넓게 받아들일 수 있는 말랑말랑함은 더 중요할 터. 벽 보고 혼자 레고(Lego)블럭을 맞추는 건 내 취향이 아니다. 혼자 춤추고 놀다가도 누군가가 다가오면 덥석 그 손을 끌어다가 빙글빙글 강강술래를 돌며 금세 무리를 짓는 그런 놀이가 내 취향이지.

혼자 놀고 있을 줄 알았던 나 녀석이 그 사이에 으리뻔쩍한 모래성도 지어놓고, 옆 동네 뉴페이스 새 친구도 데려오고, 듣지도 보지도 못한 놀이를 소개하는 풍경을 상상한다. (나는 '판을 설계하는 자'로서 학원이 끝난 이후 시간을 지배하는 인싸 중의 인싸가 될지도 모른다!)

다른 친구들이 학원에서 학습하는 사이에 나는 나 혼자서 노는 삶을 배웠고, 온 동네의 갖은 재미있는 것들을 발견하면서 자기 주도형 체험학습을 하고 있었노라고. 적어도 내세계관, 내 유니버스(universe)에서는 나도 내 친구도 다 같이 모여서 마음 놓고 놀 수 있는 그런 놀이터가 있길. 내사회가 그런 놀이터이길 그려보면서 –

"시간적 여유를 고독감으로 혼돈할 수 있다."

싱글도, 결혼한 사람도 혼삶의 순간에서 간혹 이런 씁쓸한 여유를 맛보곤 한다. 혼자 어마어마하게 멋진 곳으로 여행을 가도 외롭다는 생각이 든다면 그건 진짜 외로움이겠지. 하지만 맛난 거 좋은 거 예쁜 거 천지인 여행지에서 씻은 듯이 외로움을 잊어버렸다면, 아마도 그전의 감정은 외로움이기보다 '심심함'이었을 수 있다.

혹, 여행지에서의 행복을 누리다가 사랑하는 사람들과 함께 하고 싶은 생각이 든다면 그 또한 외로움이 아니라 '그리움'일 수 있다.

"외롭다"는 감정은 누가 곁에 있고 없고 하는 것과는 상관이 없다.

스스로 편안한 리듬으로 고독해질 수 있고,

또 그 고독을 멈출 수 있는지가 훨씬 더 중요하다.

자신이 좋다고 느끼는 상태를 얼마나 유지할 수 있느냐.

외로움은 그 상태가 무너질 때 찾아온다.

- 사이하테 타히, 『너의 변명은 최고의 예술』 [16]

심심한 상태를 피하기 위해 이것저것 욱여넣은 하루의 끝은 오히려 더 허전할 때가 많았다. '다른 사람 눈에 내가 너무 외로워 보일까 봐' 라는 생각으로 억지스럽게 시간의 빈

자리를 메우는 것보다는 '내가 봐도 외로운지'에 초점을 맞춰볼까. 내 마음에 꽉 차지 않는 하루를 살았기 때문에 느껴지는 아쉬움과 그로 인한 정서적인 간극을 외로움이라는 손쉬운 단어와 혼동하지 않도록.

그리움을 외로움으로 착각하지 말자

───── 가족들이 다 함께 이주해서 지내는 주재원들과는 달리, 나는 '단신(單身) 주재원'으로서 중국 상하이에서의 생활을 시작했다. 적은 나이에 높은 연봉을 받으니 평일에는 칵테일과 재즈를 끼고 살았고, 주말에는 취미활동을 실컷 하며 중국 곳곳을 돌아다녔다. 커리어 상으로나 신체적, 정신적으로나 전성기라 불러 마땅한 시기였다. 하지만 내가 가장 외로워 "했던" 시기이기도 했다. (실제 외로울 법한 환경이 아니었던 것에 비해 유독 외로움을 더 느꼈다는 의미로.)

"저격수는 멈춰있는 대상을 노린다. 껌을 질겅질겅 씹으면서 표적을 지켜보다 조용히 한방. 향수 역시 머물러 있는 여행자를 노린다. 이 부드러운 목소리의 위험한 저격수를 피하기 위해 신중한 여행자는 어지럽고 분주히 움직이며 향수가 공격할 틈을 주지 않는다. 방심한 여행자가 일단 향수의 표적이 되면 움직이기 어려워진다."

- 김영하, 『오래 준비해 온 대답』中 [17]

타지에서 대학생활을 시작한 스무 살 그 해부터 끊임없이 여행을 다니다가 이제는 일마저 해외에서 하게 되다니. 어딘가 새로운 곳으로 떠나올 때마다 나는 그리워할 만한 무언가를 남겨두고 왔기에 그만큼의 그리움이 내 안에 켜켜이 쌓여있었다. 언제든 그리워할 만한 것들이 한 무더기였다.

그리움이 나를 공격해 올 틈을 주지 않기 위해, 마치 복싱 선수가 양손으로 가드를 올리고 스텝을 밟는 것처럼 나도 분주히 움직였다. 우선 중국어부터 갈고닦았다. 나 스스로가 나를 이방인으로 여기지 않게 하기 위해. 회사나 펍에서 만난 사람들은 나와 개인적인 이야기를 길게 나누기 전까지는 내가 외지인인 건 알아도 외국인인 건 알아채지 못했다. 이런 현지화(?) 덕분인지 감사하게도 중국에서 만난 친구들은 나를 이방인으로 대하지 않았다. 하지만 그렇다고 해서 극장에서 취향에 안 맞는 중국 영화를 보고 나오는 길에 터져 나온 혹평을 일부러 참아주기도 힘들었고, '사드(THAAD)' 사건으로 한국인에 대한 위협이 있었을 때 더욱더 열심히 현지 억양으로 중국인인 척 하며 신경 써서 말하는 것도 마냥 마음이 편할 수는 없었다.

그렇게 분주한 나날에도 틈이라는 것은 있었는지, 잠깐 숨을 내쉬는 그 문틈 사이로 고독이 발을 집어넣었다. 진공 상태인 것처럼 서늘하고 쎄한 그 시절의 기분이 너무도 생생하다. 고독한 기분을 어차피 더는 피할 길이 없겠구나 하는 생각이 들면 내가 좋아하는 가수 '김필' 노래를 듣는다. 어느덧 하던 일을 멈추고 침대 맡에 걸터앉아서 노래 가사에 집중한다. 그의 노래는 내가 그리움의 문턱에서 주저하고 있을 때, 내 어깨를 감싼 채로 그 문을 활짝 열어준다. 나의 그 마음 어떤 건지를 굳이 후벼 파내서 알려주고 맘껏 외로워 울 수 있게 해 준다. (신기하게도 내가 외롭지 않은 순간에는 김필 노래를 덜 자주 듣게 된다.)

그리움을 외로움으로 착각하지 않기 위해 노력해야 했다. 그리움은 드세게 공격적인 것 같으면서도 생각보다 은밀하고 잔잔해서 외로움과 섞이기 쉽다. 이 두 감정은 완벽하게 분리되는 것은 아니지만 엄연히 그 뿌리가 다르다. 그렇기에 외로움에 대한 처방들이 그리움에도 진통제가 될 수는 있을지언정, 완전히 치료하는 데는 한계가 있다. 혼자 일궈나가는 당시의 삶에서 사실 나는 더할 나위 없이 충족감을 느꼈고, 솔직하게 들여다보면 나는 외로운 게 아니었다. 그렇기에 더는 외로운 척하기도 애매했다. 나의 그리움은 완전하게 해결할 수는 없는 것이었지만 다행히 외로움에 비해서는 조금 명확하고 뾰족했다. 뚜렷한 뿌리와 실체가 있었다. 없애버리지는 못해도, 잘 감싸서 데리고 다닐 수 있게 되었다.

'혼자가 편하지만 혼자 있고 싶지 않은' 모순의 순간을 지겹도록 반복한다. 혼삶을 산다는 것, 특히 혼자 여행을 즐긴다는 것은 이런 훈련의 연속이다. 훈련의 결과로 혼자 사는 삶에 근력 같은 것이 붙어가지만, 멀쩡히 잘해 나가다가도 갑작스럽게 혼자인 게 울컥 싫어질 때가 있는 법이다. 서러운 일을 당했을 때나 심심할 때도 그렇지만, 가장 누군가가 그리워지는 순간은 '좋은 사람과 또 와야 할 곳'에 혼자 다다랐을 때다.

아름다운 곳에서는 아름다운 사람이 그리워지기에, 혼자 하는 여행은 외롭기보다는 그립다.

그리움이 불쑥 공격해 올 때, 그런 자신의 감정을 원망하지도 않고 회피하지도 않고 그리워할 만한 대상이 있음을 일종의 축복으로 여기며 오히려 감사할 수 있는 내공을 쌓는 것. 그것이 혼자 하는 여행에서 얻을 수 있는 또 하나의 선물 아니겠는가.

고독을 즐기는 사람에게 사람이 모여든다

"인간성이 별로니까 저 나이 먹도록 외롭게 혼자 살겠지."

"저렇게 눈이 높고 까탈스러우니 저 사람은 혼자 지내는 게 낫긴 낫겠어."

'외롭게 사는 것 = 잘못 살아온 것'이라는 요상한 공식이 성립되지 않는다는 건 많이들 알고 있음에도 사람들은 가끔씩 저런 이야기들을 들을 때 익숙하게 끄덕거리기도 한다.

'아닌데요? 저 혼자라서 더 신나는데요?'라며 오해를 풀고 싶어서 약간은 의식적으로 즐거운 모습을 유지하려던 때도 있었다. 하지만 언젠가부터는 내가 외로워 보이든 그렇지 않든 아무런 상관이 없다는 생각을 더 자주 하게 된다.

내게는 살짝 쑥스러운 능력이 하나 있다. 길거리 노점에서 스트리트 푸드를 사 먹고 있으면 어느새 갑자기 사람들이 몰려 줄을 서기 시작하게 만드는 능력이다. 최애 소울푸드인 붕어빵은 물론이고 꼬치류, 면 요리까지 말할 것도 없다. (말하자면 '먹방 인플루언서' 같은 능력이랄까!) 사람들이 모이는 게 나 때문이었다는 걸 알게 된 건 이런 말들을 직접 들었기 때문이다.

"와, 저 사람 진짜 맛있게 먹는다."라는 건 무난한 반응에 속하는 편. 직접 내게 물어오는 "이거 어디서 팔아요?", "이거 뭐예요?"라는 말은 날 뿌듯하게 하기도 하지만, '내가 너무 정신없이 먹는 데 열중했나?'싶어서 우아함 대신 먹방력에 치중한 나의 식습관을 돌아보게 된다.

그렇다고 내가 복스럽게 먹느냐? 많이 먹느냐? 게걸스럽게 먹느냐?라고 자문해 보면 (어느 정도는 맞지만) 딱히 유별나지는 않다고 생각한다. 다만, 주변의 평에 의하면 "집중해서 먹는다", "행복하게 먹는다"라고 한다. 실제로 음식을 먹을 때 딴 생각을 거의 안 하는 편인 데다 신경 써서 감각을 집중하는 습관이 있다. 과장될 정도로 감탄사(혹은 감탄음, 콧노래 등)나 웃음소리를 뱉어내면서 먹더라.

정신없이 뭔가를 즐기는 사람을 보면 '뭐야 뭐야, 뭔데 저런 반응이 나와?' 하면서 흥미가 생기는 모양이다. 무엇이든 즐기는 사람에게는 인력(引力)이 생기는 것 같다. 혼자 하는 여행에서의 나는 비슷한 이유와 계기로 비교적 쉽게 친구를 사귄다. 혼자 하는 여행에 흠뻑 빠져서 정신을 못 차리기 때문에 주변 시선을 잊고 실컷 웃고 다니거나 혹은 실컷 울기도 하는 나라서.

여행 중에 정말 못 견디게 외롭다는 생각이 들 때가 있다. 그럴 때는 자연스럽게 외로움에 어울리는 무언가를 좇게 된다. 어여쁜 칵테일보다는 위스키 니트(neat)[18]가 고독에 더 어울린다고 생각하기에 바에서 잔을 굴리면서 혼자 책을 읽는다. 외로움을 증폭시켜줄 재즈 음악을 들으러 라이브 연주를 하는 곳에 찾아가기도 한다. 거의 예외 없이 실컷 외로움을 누릴 수 있는 상황은 노을이 내려오는 언덕에서 바람을 맞으며 음악을 듣는 순간이다. 이럴 때는 또록또록 울기도 한다.

영화나 드라마에서 이런 장면을 봤다고 상상해 보면, 그 다음에 누군가가 말을 붙이는 장면으로 이어지는 것이 어색하지 않은 것 같다. 실제로도 그랬다. 대부분은 내가 집중하고 있던 무언가에 대한 질문으로 교류가 시작됐다. 뭘 저렇게 열심히 하고 있나 싶어서 궁금했다는 경우가 많다. 혼자서 무엇에 그렇게 빠져있는지 궁금했다고. 항상 고독을 즐길 수 있는 것은 아니지만, 즐기는 데 성공하고 나면 어떤 이유에서든 고독은 어느새 내 곁을 떠난다. (혹은 고독이 자신의 존재감을 숨긴다.)

　고독에 집중하는 것과 침잠하는 것은 조금 다르다. 내 취미이자 특기 중 하나인 '청승'을 예로 들자면, 내가 의도하는 느낌과 정서로 '청승을 떠는 것' vs 의도치 않게 타의에 의해 '청승맞은' 상황이 되어버리는 것은 확연히 다르더라. 그러나 고독함에 있어서 정서적인 주도권을 갖기란 불가능에 가까울 만큼 어렵기에 명상하듯 내 정서와 생각을 따라가는 것이 중요하다. 아주 조용하게, 차분하게 따라간다. 스스로의 생각을 슬금슬금 뒤따라가다가 조금 적응이되면 옆에서 나란히 함께 가려고 노력한다. 고독의 목줄에 매여서 질질 끌려가지 않도록 집중한다. 고독에 집중하는법을 체득한 사람은 '고독에 대한 두려움'을 잊고 살 수 있다. 그것은 자신에게는 꽤나 큰 용기가 되고, 고독을 아는 다른 사람들에게는 꽤나 큰 매력이 된다.

　"여럿이 있으면 어떻게든 웃어넘길 만한 일도 혼자 겪으면 서러워지기 쉽다."라고 했다. (by. 침착맨) 원치 않는 상황을 겪어서 생기는 서러움을 고독에 섞이지 않도록 격리

시켜야 한다. '~해서 더 외롭다'라는 생각은 정서적 하향 곡선으로 들어가는 배수구 같다. 서러움이 생길 때는 메타인지(meta-cognition)[19]가 필요하다. 객관화가 필요하고 분석과 전략이 필요할 수도 있다. 고독을 얼마나 순수한 외로움으로 남겨두고 관리할 수 있느냐가 우리의 혼삶의 모습을 좌우할 것이다. 외로움을 그런 종류로 다듬어서 일상에서 곁에 둘 수 있다면, 이후에 그 외로움을 어떻게 통제할 수 있을지는 이미 우리에게 많은 노하우가 있다.

용서도, 위로도 다 '나 혼자 한다'

——— "내가 자다가 발로 찬 거 용서 좀 해줄래?"

6살 아이가 툭 던지듯 말을 꺼냈다. 엄마의 대답을 듣기도 전에 재차 말한다.

"꿈속에서 모르고 그런 거야, 용서 좀 해달라구."

"용서? 용서하는 게 뭐야?"

"음... 이제 괜찮다고 하는 거야."

"이제 괜찮다."라는 말이 묘하게 위로가 되는 이유는 그게 바로 '용서'이기 때문이었나 보다. 한 엄마와 아이가 아침에 눈 뜨자마자 나누었다는 이 대화 내용을 전해 듣고는 묘하게도 나까지 위로를 받은 듯한 기분이 되었다. 나로서도 뭐든 용서할 준비가 되어있는 대인(大人)으로 거듭난 것 같은 그런 기분. 야박하고 엄격한 정서가 씻겨나가서 깨끗하게 텅 빈 큰 그릇이 된 기분.

이때의 용서는 정서적으로 마침표를 찍는 것이다. 이제 괜찮다고 말해달라는 귀여운 요구는 주고받은 정서적인 내러티브(narrative)에 끝을 내 달라는 간청이다. 용서를 받아야 하는 사람은 더 이상 스스로 정서적 주도권을 갖고 있지 않다. 당연하게도 평안할 수가 없다. 미처 용서하거나 용서받지 못한 상황에서는 감정적으로 등가교환이 성립할 수도 없다. 준 것보다 적게 받아서 불편하거나 오히려 더 많이 받아버려서 잔여 감정이 남는다. 잊어버리기도 어렵고, 잠깐 한쪽으로 치워두는 것도 어려워진다는 뜻이다. "이제 괜찮다."라고 용서하는 것은 그 잔여 감정을 찾아내고 계산해서 갚아주기보다는, 그 계산식에 0을 곱해버리는 간단하고 명확한 조치이다. 너저분하게 널려있는 화투

짝을 손으로 막 헝클어 버리고는 전부 시원하게 엎어버리는 일이다.

  오롯이 혼자인 순간이 길어지면 용서할 대상도 없고 나를 용서해 줄 대상도 없는 상태로 시간과 공간이 넘어가 버리는 때가 잦아진다. 타인과의 상호작용에서는 사실 그다지 용서받을 일이 생기지도 않는다. 오히려 나 혼자 보내는 하루하루에서 맘에 안 드는 순간을 만나고, 맘에 안 드는 나를 겪는다. 더 문제가 되는 건 용서하거나 용서받을 일이 하나도 없는데도 위로받고 싶은 순간이라는 게 존재한다는 것이다.

"나는 나를 위로할 수 있는가. 위로할 줄은 아는가"

  나를 가장 잘 위로하는 가까운 누군가보다 오히려 나 자신이 나를 더 잘 위로할 수 없다고 느낄 때가 있다. 나조차도 어떻게 할 수 없었던 오늘의 나를 그 사람은 잘도 위로한다. 그 위로의 비법을 분석했더니 다양한 에너지와 애정을 바탕으로 한 기술력(?) 못지않게 '용서'라는 주술 같은 절대 마법이 있었다. 내가 놓지 못한 정서적인 부스러기들과 시답지 않은 생각들은 사실 대부분 누가 용서해 줘야 하는지도 불분명한 것들이다. 그럴 때 그 사람은 기꺼이 스스로가 용서의 주체가 되어 모든 것을 0으로 만들었다. '큰일'을 '별일' 아니게 만드는 것, 온갖 것들을 0에 수렴하는 우주적인 위로.

위로의 장인(master)들을 가까이 두는 것은 꽤나 명확하고 효과적인 시스템이지만, 그 시스템이 한 명의 엔지니어에게만 의존해서 일방적인 방향으로 돌아가지 않도록 유지하기 위해서는 결국 매일매일의 나 자신이 그날 그날의 나를 위로할 수 있는 자정(自淨, self purification) 시스템이 있어야겠지. 나를 위한 위로는 바깥에서 오기도 하지만 근본적으로는 내가 나 자신에게 주는 것들이다. 말 못 하는 갓난아기를 키우는 것처럼 나를 들여다보고 갑자기 칭얼대고 울음을 터뜨리는 나에게 필요한 게 무엇인지 알아내야 한다. 그에 따라 어떤 시도를 해야 하는지 나름대로의 알고리즘을 만들어야 하는구나.

깔라만시(Kalamansi)[20]를 살짝 넣어 새콤하게 만든 탄산수를 마시면서 작은 욕조에 뜨끈하게 몸을 담그는 반신욕. 최소한으로 옷만 걸치고 바람 부는 옥상에서 별 보며 멍 때리는 것. 어처구니없는 말장난으로 가득한 영상을 보는 것. 떠오르는 감정들을 두서없이 녹음하는 것. 제멋대로 흘러가는 것처럼 들리는 재즈 음악을 여기저기 틀어 놓는 것. 더 이상 손댈 곳이 없을 정도로 깨끗하게 집을 정리하는 것. 적당히 시끌벅적한 곳에서 마음이 가까운 사람의 이야기를 들으며 실컷 웃는 것.

나는 무엇으로 나를 위로하는가.

혼삶이 '상실'에 대응하는 법

──── 아끼는 유리잔이 깨졌다. 가을바람이 선선하게 불던 날, 말끔히 씻어서 창문 옆에 기대어 세워 둔 작은 나무 도마가 바람을 이기지 못하고 넘어지는 바람에 도미노 한 판이 벌어졌다. (바람이 그만큼 강한 건데 난 오히려 나무 도마가 나약하게 느껴져서 괜히 미웠다.) 희생된 건 도미노의 가장 끝에 있던 얇고 여린 나의 '아사이(Asahi) 맥주' 잔이었다.

혼자 간 후쿠오카(Fukuoka) 여행에서 고이 모셔 온 맥주

잔이었다. 아사이 맥주 양조 공장에 가서 종류별 맥주를 연거푸 시음하고 알딸딸한 상태였기에 조금은 비싸게 느껴지는 기념품 잔도 선뜻 살 수 있었다. 곡선 없이 단정하게 원통형으로 얇게 떨어지는 매무새가 아사히 맥주 특유의 깔끔한 목 넘김을 뜻하는 '드라이 피니쉬(dry finish)'와 너무 잘 어울렸고 잔에 새겨진 로고도 예스럽게 레트로한 느낌이 났단 말이다. 아사히 맥주는 평소에 잘 마시지도 않던 나였음에도 그 잔을 사 들고 파손되지 않도록 애지중지해서 함께 귀국했다. 집에서 혼자 #홈술로 맥주를 마실 때면 거의 주저 없이 꺼내는 나의 '최애' 잔이었기에 손님이 와도 잘 내어주지 않았다.

'아끼던 아사히(Asahi)가 나를 떠나갔구나.'

이렇게 아끼는 무언가를 잃고 나면 '내가 무언가를 잃었다.'라는 생각보다 '그것이 나를 떠나갔다.'라는 기분이 들기도 한다. 상실감이 너무 크기 때문에 어리석은 생각도 하게 된다. '애정하는 무언가와 이별하는 것이 이렇게나 힘들고 어려운 일이니 다음부터는 무언가에 너무 애정을 주지 말아야겠다.', '아끼는 대상을 만드는 것 자체를 피해야겠다.' 하는 생각.

아끼는 것을 잃은 후의 상실감은 참 기분 더러운 감정이다. 다른 여러 종류의 감정에 비해 아주 수월하게 나를 무력하게 만들기에 나는 무언가를 상실한다고 상상하는 것만으로도 두려운 기분이 든다.

하지만 이러다 보면 나는 아무것도 맘껏 예뻐하지 못하고 아끼지 못할지도 모른다고 생각하니 그게 더 겁이 났다. '미래의 상실'이 다가오기도 전에 지금 가지고 있는 나의 애정, 나의 마음, 나의 사랑에 집중하지 못하고 '현재를 상실'할까 봐.

저마다 삶이 지속되면서 잃게 되는 것들이 있지만 혼자 사는 삶이 길어지면 정말 다 잃을까 봐 무서워지는 순간들이 있다. 나 말고 다들 결혼하고 나면 내 일상을 공감해 줄 친구를 상실하게 될지도 모르고 어느 순간부터는 나를 연인으로서 사랑해 줄 사람이 없어질지도 모르는데. 그러다 은퇴해서 직업도 없고 언젠가 지금의 가족들도 다 떠나게 되면 어쩌지. 다 잃게 되어서 남는 게 없을까 봐 두렵기도 하고 이런 상실의 과정들을 배우자나 자식 없이 혼자 겪게 될 것도 두렵다.

이런 두려움에 대한 반작용일까, 어떤 혼삶은 자신의 커리어, 직업에 지나칠 정도로 집착하게 되기도 한다. 또 어떤 혼삶은 아예 상실감 느낄 만한 실마리조차 만들지 않으려는 듯 의도적으로 관계나 정착을 피하면서 극단적이고 피상적인 자유로움을 좇으며 살기도 한다.

어여쁜 나의 '아사히 잔'은 깨진 모습도 남달랐다. 깨진 단면도 유독 얇고 날카로웠기에 그 모습마저도 멋져 보였다. 얇아서 잘 집어지지도 않는 유리 조각들을 조심스럽게 개수대에서 꺼내면서 생각이 많아졌다.

'나에게 만약에 맥주잔이 이거 하나뿐이었다면 나는 정말

상실감이 컸겠지.'

 주방의 벽장을 열어 남아있는 다른 맥주잔들을 살폈다.
벨기에 브뤼셀에서 데려온 핑크 코끼리가 그려진 〈델리리
움(Delirium)[21]〉 맥주잔도 있고 일본 오키나와 타워의 모
습을 닮은 〈오키나와 맥주〉 잔도 있고 제주도에서 직접 내
맘대로 글자와 기호들을 골라서 장식해 온 〈제주맥주〉 잔
도 있다. 또 다른 맥주잔들이 있기 때문에 아사이 맥주잔을
잃은 상실감을 이겨낼 수 있는 거라는 생각이 들어서 조금
씩 기분이 나아졌다.

 뭔가 하나를 잃기 싫어서 붙잡고, 또 매달리고, 심지어 잃
은 후에도 보내주지 못하는 마음이 될까 염려스럽다. 하지
만, 잃는 것이 두려울 만큼 무언가를 아낀다는 건 참 곱고
귀한 일이지 않은가. 이런 마음들이 일렁일 때마다 그것이
두려움으로 굳어지기 전에 얼른 건져내어서 더 크고 말랑
말랑한 애정으로 제련하는 마음 훈련을 해야겠다.

미리 겁먹고 움츠러들기보다는 세상의 더 많은 것들을 아끼고 애정하는 더 큰마음으로. 밉게만 봤던 새로운 것들에 고운 시선을 주고, 관심 둔 적 없는 무언가를 아끼기 시작하면서 사랑의 그릇 자체를 키워나가야겠구나. 좁고 깊숙하게 파고드는 어떤 한 가지 마음에 매몰되지 않도록 고개를 들어 더 많은 것을 보고 품는 마음으로.

당분간 이러한 핑계로 더 많은 것을 아끼고 사랑하다 보면, 더 많은 맥주잔을 구입하면서 더 많은 돈을 쓰게 될지도 모르겠군.

Adriatic Sea,
from Italy to Greece

　　　　　이탈리아 바리(Bari)에서 그리스로 가는 크루즈. 밤바다의 풍경이 내게 준 첫 이미지는 '공포'였다. 말 그대로 아. 무. 것. 도 보이지 않는 그 공포. 갑판에서 내려다 본 바다는 그저 검은색이었고 배와 부딪쳐서 생기는 하얀 물보라는 빨려들어갈 듯 요동치고 있었다.

　타이타닉 같은 배. 내가 타 본 가장 큰 배인 <Blue Horizon>. 의외로 밤바람이 전혀 차갑지 않아서 선실이 아닌 갑판에서 노숙해야 하는 하룻밤도 생각보다 견딜만할 것 같다.

눈이 아플 만큼 수도 없이 많은 별들이 머리 위에서 빛나고 있다. 항상 내 눈앞에 나타나주는 반가운 북두칠성. 의자를 놓고 갑판에 앉아서 배낭을 멘 채로 고개를 젖히니 목을 편안히 두고도 별을 오래 볼 수 있다. 어둠이 땅과 하늘과 바다의 경계를 집어삼킨 탓에 바다와 가까운 육지 마을에서 반짝이는 불빛들은 마치 은하수처럼 보인다. 갑판 반대편에 있던 플라스틱 의자 하나가 바람 때문에 서서히 내 쪽으로 밀려오고 있는 것도 보이는군. '조금만 가까이 오면 내가 발을 얹어주마~'하고 생각하자마자 스르륵 내 앞으로 다가온 의자. 왠지 무섭다!

사랑하는 나의 가족, 내 친구들, 내 꿈과 사랑, 내가 품은 열정과 자유, 나의 희망, 나의 나라와 내가 발 디딘 이곳에 이르기까지. 내 곁에 있는 이 모든 것들이 내가 진정 소유한 것은 아니라고 해도 "나의 OOO"이라고 표현할 수 있다는 자체로 행복하다는 생각이 든다.

 아직 많이 철들어야 하고 수없이 감정에 휘둘리는 나약한 작은 인간이지만, 나는 이미 어떤 상황에도 행복할 준비가 되어 있는 강한 영혼을 지녔다. '자신이 가진 젊음의 가치를 이토록 처절히

실감할 수 있는 젊은이가 몇이나 될까?' 하는 생각은 너무 발칙한 것 아닌가 싶으면서도, 이제부터 내 젊음을 어떻게 써야 할지 알 것만 같은 기분이 들어서 살짝 전율이 흐른다.

으아아아!

이런 생각들을 하면서 계속 밤하늘을 보고 있던 중, 내 정수리에서부터 턱 끝까지 빠르게 선을 내리긋는 것처럼 내 시야를 수직으로 가르며 내려오는 별똥별이!

하늘을 사랑하는 자들이 자주 볼 수 있는 특권이라 하지 않던가, 별똥별을 본다는 것은. 짜릿한 기분에 소름이 끼칠 정도여서 몸을 털고 일어나 주위를 두리번거렸지만 배 안의 다른 사람들은 전혀 남을 신경 쓰지 않는 것처럼 보인다. 배낭을 대충 팽개쳐 둔 채 여럿이 모여 대화를 나누는 사람들, 사람들이 지나는 복도 바닥에서 잠이 든 사람들의 모습. 습기 찬 바닷바람이 부는 갑판 위에서 오로지 나만, 나만 여행자가 된 것 같은 기분이 든다.

- 스무 살이었던 여행 당시의 일기를 일부 수정한 글입니다.

4.

본격 혼삶 스타일링

Koh Lanta,
Thailand

"끊임없이 걱정하는 마음을 잠재우는 건

또 다른 생각이 아닌 몸이다."

삶을 디자인하는 것 vs 스타일링하는 것의 차이

──── 유전자 디자인이 완료된 상태로 나는 세상에 나왔다. 외형에 대한 디자인부터 내부 부품(?)에 해당하는 심장이나 폐와 같은 장기에 이르기까지 상당 부분이 어느 정도 디자인되어 있었다. 기본적인 능력치에 해당하는 재능이나 기질까지도. 갓난아기 시절을 지나서 어느 정도 스스로에 대해 인식이 되기 시작하면 '아, 이게 내게 주어진 캐릭터로구나' 생각하며 받아들이는 과정을 거친다. 짧게는 사춘기 정도의 기간, 길게는 일평생을 다 해서 거치는 과정.

자신 스스로가 디자인 작업에 참여할 수 없기에 대부분의 사람들은 자신의 의도와 무관하게 초안이 잡혀버린 상태의 디자인 설계도를 받아들고 '디자인 수정'을 해 나가야하는 난처한 상황에 놓인다. 초기 디자인 기획에 대해 불만이 있는 경우 이런 식의 말을 하기도 한다.

"엄마가 날 이렇게 낳았잖아!"

"아빠 닮아서 이렇잖아!"

(간혹 영화나 소설 속에서는 저승에 간 자신 스스로가 다음 생에 어떻게 환생할지에 대한 디자인에 참여할 수 있다는 설정이 나오기도 하더라는. 그런 장면을 상상할 때마다 나는 도저히 나 자신을 어떻게 디자인해야 좋을지 결정을 못할 것 같던데.)

인생의 일정 시기를 지나고 나면 신체적인 기본 세팅이나 적성, 기질 같은 기본 디자인을 수정하기가 점점 어려워지기도 한다. 인생을 바꾸고 싶다면 시간, 공간, 사람을 바꾸라고 하던데. 기본 구성은 그대로 두더라도 이런 시도를 통해 여러 가지 요소들을 바꿔가면서 내 일상과 삶의 방향에 변화를 주고자 하는 과정들을 '스타일링' 단계라고 표현하고 싶다.

초기 디자인과 통일된 모습으로 일체감 있게 후반 단계를 스타일링해 가는 사람들을 보면 우리는 "한결같다"라고 말하곤 한다. 하지만 때때로 반대의 경우에 해당하는 사람들에게 매력을 느끼고 감탄하게 된다. 초기 디자인을 바꾸지는 못하더라도 전혀 예상치 못한 어떤 새로운 스타일링을 해내는 사람들. 신체적인 장애가 있더라도 뻔한 삶을 살지 않는 사람들, 재벌 2세의 귀족적인 가문에서 태어났으나 기업을 물려받지 않고 창의적인 활동을 하며 기대와 다르게 사는 사람들, 경제적으로 선택의 여지가 적은 환경에서도 극적인 성취를 해낸 사람들 말이다.

단순하게 '무언가를 극복해 낸 성취'에 대해서만 열광하게 되는 건 아닌 것 같다. 나랑 인생의 기본 세팅이 비슷한 것 같은데 일상의 모습이 다른 사람들을 보면 관심과 흥미를 갖게 되는 것이다. 비슷하게 입사한 같은 직급의 회사 동료가 심지어 유사한 연봉을 받으면서 나랑 다르게 사는 것 같다면? '같은 재료로 요리해서 이렇게 다른 맛을 내네?'하고 감탄하며 흥미를 갖게 된다.

정작 내 인생을 스타일링할 때, 나는 스스로의 기본 디자인 기획에 대해서 제대로 이해하고 있지 못했다. 한 가지 일에 쉽게 질리고 싫증을 내는 것이 나라는 인간의 기질이라고 단편적인 판단을 내렸기에 그 착각에 걸맞게 스타일링했다. 당연하게도 나의 본질과는 조금 동떨어진 스타일, 의도보다 조금 더 개성 있는 스타일을 만들어 버린 탓에 울퉁불퉁한 시간을 보내기도 했다. (이것이 '중2병'의 발병 과정인가!)

무언가를 지속하다가 벽에 부딪친 기분이 들면 노력과 성장을 통해 극복하려는 의도보다는 '아, 내가 벌써 이게 싫증이 났구나' 하면서 얼른 다른 영역으로 발을 옮기려 했다. 끊임없이 스스로에게 새로운 것을 물어다 줘야 할 것만 같은 기분으로 하루하루를 보냈다. (그것이 나 자신에게 필요한 것, 원하는 것인 줄 알았지 뭐야!) 그러다 보니 관심사가 다양해지긴 했지만 느슨하고 넓게 벌어졌고, 두루두루 많은 사람들을 만나면서 친화력과 '인싸력'을 키웠지만 정작 한 사람을 깊이 이해하는 관계의 철학과 갈등을 다루는 사회성을 키우는 것에는 소홀했다.

여러 훈련 과정을 거치면서 나에 대해 제대로 알게 되는 것들이 있다. 몰입하고자 하는 하나의 주제에 대해 다양한 방식으로 탐구하고 갖가지 실험적인 시도를 해 보는 것, 그를 통해서 한 가지 영역에 대해 경험을 쌓고 깊이를 더하는 것이 내가 인생을 배우는 방식이었다. 이런 식으로 스스로를 이해하고 나니 은근히 많은 것이 달라졌다.

나는 '자유로운 영혼'이 맞나? 정말?

——— "사주에 나무 목(木) 기운이 넘쳐 가지가 많고 역마살까지 있어 여기저기 돌아다니며 살 팔자일세."

갓 청년기에 진입했을 때까지만 해도 나는 나에 대해서 오해를 하고 있었다. 소위 '자유로운 영혼'이라 한곳에 못 붙어있고, 무언가에 쉽게 질리고, 잠이 많고 게으른 베짱이 스타일이라 도저히 '평범한 직장인'으로 살 수는 없을 거라고. 하지만 나는 스스로와 주변인들의 예상을 깨고 10년 동안 한 회사에 착실하게 다녔다. 고등학교 때 입던 최애

원피스들을 아직도 입고 있고, 세 살 때부터 먹던 새콤달콤
은 아직도 못 끊었다.

 이런 오해는 어디서부터 시작되었나. '안정적인 삶'이라
는 것이 '자유로운 삶'과 대칭이 되는 것처럼 생각했던 걸
보면 당시의 내가 구축한 세계관은 좁았고 그에 비해 가치
관은 유독 단호했던 것 같다. 안정 10% + 변화 90%의 균
형이 내게 가장 이상적이라고 생각하고 의도적으로 새로
운 것만을 좇아서 변화를 주입하던 시기.

 수집하듯 강박적으로 경험을 모았다. 안 가본 곳, 못 들어
본 일, 새로운 인연을 더 편애하고 불공정할 만큼 유리한
점수를 주었다. 결과적으로 이러한 당시의 시도들은 고스
란히 귀한 경험이 되었기에 나는 조금씩 조금씩 더 스스로
가 원하는 사람이 되었다. 하지만 그럴수록 오해도 굳어졌
다. '역시 나는 계속 새로운 걸 넣어줘야 하는 사람이구나!'

 그렇기에 지금의 내가 안정 70%에 변화 30% 정도의 균
형을 유지하며 지내고 있는 것은 상당히 극적인 변화처럼

보인다. 하지만 이 차이는 당시의 내가 인지하지 못했던 영역에서의 간극이 뒤늦게 반영된 것뿐이다. '안정적=변화가 적은 것'이라고 단순하게 생각해 본다면, 20대 초반의 나는 사실 이미 아주 안정적인 상태였다. 이미 갖고 있던 안정성을 인정하지 않았기에 발칙하게도(?) 안정적인 삶은 나랑 맞지 않는다는 경솔한 가정을 했겠지. 미래에 대한 가능성이 많은 만큼 '불안감(感)'은 있었지만 실제로 '불안정'한 상황이나 일상은 아니었을 것이다. 대학생이라는 내 신분도 꽤나 안정적이었고, 가족관계에 변화도 없었고, 내 건강 상태는 대부분 예상한 범위 내에서만 오르락내리락했고, 경제적으로도 변화의 폭은 적었으니 이 또한 안정된 상태라고 볼 수 있는 것이겠지.

나는 안정적인 것을 좋아하는 사람인가 vs 새로운 변화를 반기는 사람인가?

내가 이렇게나 의외로 안정적인 상황이었으니, 균형을 맞추기 위해서라도 변화를 더 추구하는 것은 자연스러운 일이었을 터. 그러니 당시의 나는 스스로를 도저히 잔잔해질 수 없는 사람이라고 오해했을 법도 하군. 하지만 사회인으로서의 시간이 꽤 지난 지금은 많은 것이 달라졌다. 직업적으로 안정되면서 경제적인 안정도 따라왔지만 건강 상태와 신체능력은 점점 불안정한 변화의 영역으로 가고 있다. 갑자기 병원을 들러야 해서 일정의 제약이 생기거나 뜻밖의 피로감이 와서 의도했던 하루를 보내지 못할 때도 있다.

'가능성'보다는 '변수'로 인한 변화가 늘어난다. 가능성은 '기대감', 변수는 '불안감'이라는 감정과 함께 한다. 가능성을 크게 열어두고 변수는 좁게 통제하는 것이 정서적, 경제적 안정의 핵심이 된다는 생각을 한다. 어른이 될수록 이런 식의 변화가 계속된다는 것을 알게 되었기에, 그러다 보니 자연스럽게 반대에 해당하는 안정을 더 추구하게 되는 것이 아닐까. 결국 취향과 선호의 문제이기보다 환경에 의한 전략적 선택에 가까운 것일지도.

나는 '자유로운 영혼'이 맞나? 정말?

"나라면 어떻게 했을까."

액션 영화를 (누아르, 스릴러, 스파이물 등을 가리지 않고) 좋아하는 나는 영화 속 장면을 보면서 이런 생각을 하곤 한다. (적의 얼굴에 침을 뱉을까? 아니면 능글맞은 태도로 일관하다가 일순간에 급소를 타격해서 탈출할까!)

어떠한 특수 상황(뭐..., 협박, 납치, 고문, 종교적 박해 상황 이런 것들)에 의해 내가 오로지 한 가지 선택만을 하도록 강요받거나, 혹은 선택의 기회조차 없는 어떠한 순간을 상상한다. 아무런 자유가 주어지지 않고, 자유를 쟁취할 수도 없는 순간. 더 이상 어떠한 선택의 여지가 없을 것 같은 최후의 순간까지도 내가 손아귀에 틀어쥐고 놓지 않을 수 있는 자유는, "내가 어떠한 태도로 대처할 것인지를 선택할 수 있다는 자유"였다.

자유에 대해 깊이 파고들어 생각해 보고 다양한 지식인과 성인들의 관점을 헤아리는 것은 즐겁지만, 그럼에도 불구하고 '자유란 무엇인지'를 정의하는 것은 쉽지 않다. 하지만 '자유의 정서'를 만끽하는 것은 덜 어려울 수 있다. 언제든 자유로운 태도를 가질 수 있도록 나의 일상을 단련하는 것. 내가 의도하는 태도를 발현해 내기 위해 따라줘야 하는 그날의 기분, 그날의 체력 같은 것들을 준비하는 것. 어쩌면 '자유로운 영혼'의 실체는 이런 것들일지도 모른다.

많은 이들. 주로 가족 구성원이 많고, 규칙적인 생활을 영위하는 나의 지인들이 부러워하는 '자유로운 영혼'의 실체는 결국 그것이다. 갑작스럽게 여행을 훌쩍 떠나고 혼자서 이것저것 마음껏 즐기고 다니는 '자유로운 일상'은 사실 거창한 것이 아니다. 좋아 보이는 이런 일상들이 혼삶에서 오히려 불가피한 것이 되면, 그것은 더 이상 자유로운 영혼에서 비롯되는 일상이 아닐 것이다.

내가 추구하는 삶의 안정도, 변화도 모두 자유로운 영혼에서 출발한 것일 수 있다. 이 순간을 살아내는 나의 태도,

그 자유로움에 몰입하자. 삶을 온전히 내 것으로서 장악하는 기분은 생각보다 짜릿하다.

혼삶을 디자인하고, 스타일링할 때는 바로 이 점이 중요하다.

"혼삶력" 키우기

──── 스스로를 어엿한 어린이라고 자부했지만 실제로는 아직 유아의 일상을 보내고 있던 초등학교 저학년 시절, 한동안 마음을 빼앗겼던 옆집 언니의 '미미의 병원놀이' 장난감과 마당과 옥상 계단을 오가며 경찰 놀이를 할 수 있게 만들어 주는 '비비탄 총'을 제외하고는 그다지 장난감에 관심을 두지 않았던 내게 그 어떤 것보다 환상적이었던 놀잇감은 바로 '박스'였다.

'나만의 공간'으로서 드넓은 방을 꿈꾸는 아이는 많지 않을 것 같다. 진정한 꼬맹이(?)라면 모름지기 자기 신체에 딱 맞는 격리 공간을 더 선호하는 법! (장롱이든 책상 밑이나 가구 틈 사이든 어딘가 들어가서 끼어있는 걸 좋아했던 사람이라면 고개를 끄덕일 것이다.)

박스 안에 들어가 있을 때 괜히 들뜨고 신나던 그 호들갑스러운 기분은 어쩌면 '혼자된 희열' 같은 것 아니었을까. 어린아이에게 '혼자가 된다는 것'은 대부분 '안전하지 않다'라는 것으로 느껴질 테지만 박스 안에서는 오롯이 혼자 있는 기분과 안전감이 동시에 느껴지기에.

꼬맹이가 어린이를 거쳐 '소녀'의 문 앞에 다다랐을 즈음부터는 작고 아늑한 박스를 내던지고 '뷰(view)가 있는 나만의 공간'을 추구하기 시작했다. 학교 체육시간이 되면 운동장 한편에 있는 나무에 기어 올라갔다. 굵직한 나뭇가지를 딛고 척 척 올라간다. 마치 비행기가 하늘로 올라가서 구름 속으로 쏙 숨어버리는 것처럼 나도 울창한 나뭇잎들이 나를 가려주는 고도까지 올라간다. 시끌시끌하게 공을 차는 친구들 모습을 내려다보다가 나뭇가지 사이에 다리 하나 팔 하나 얽어놓고 낮잠을 자곤 했더란다.

스무 살이 되자마자 독립 아닌 자취를 시작했던 나는 대학교 합격 소식에 마냥 기쁘고 홀가분하지만은 않았다. 마음 한편에 향초를 피운 듯 스멀스멀 올라오는 묘하게 몽롱한 기분, 바닥에 발을 붙이고 서 있어도 왠지 두둥실 붕 뜨는 기분은 무엇이었을까. 이것이 '혼자되는 기분'인가하고 생각했다. 그것은 '이질감'과 가까운 기분이었다. 새로운 환경 안에 나를 집어넣게 되면서 나를 둘러싼 공간이 바뀌는 경험. 어쩐지 나조차도 이전과는 달라져 버릴 것 같은 기분.

고작 횡단보도 한 번 건너면 바로 정문에 닿을 정도로 대학교 코앞에 있었던 고시원 방. 좁고 답답하게 느껴질 거라고 예상했던 것과는 다르게 너무도 아늑했다. 박스 안에 들어간 꼬맹이가 느꼈던 '혼자된 희열'과 안전감을 주는 공간이었다. '고시원 박스'에서 혼자 맞이하는 첫 밤, 생각보다 잠이 오지 않았다. 막상 혼자가 되고 나니 뭐든 잘 해낼 수 있을 것 같은 용기가 치솟아서 발끝까지 찌르르 전해졌다. 발끝을 쉼 없이 꼼지락 대느라 더 잠이 오지 않았다.

일본에는 '혼자 잘 지낼 힘'을 뜻하는 '고독력(孤獨力)'이라는 단어가 있다고 하던데[22], 외로움을 다뤄내는 능력을 넘어서 혼자 있는 시간, 혼자 사는 일상, 혼자인 한 인간으로서의 삶을 잘 꾸려가는 능력, 즉 "혼삶력"이라는 것이 중요하다는 생각을 한다. 혼자 잘 지낸다는 것은, 설거지와 빨래가 쌓이지 않게 하는 '살림 능력'이나 혼자서도 심심할 겨를 없이 바쁘게 지내는 '빼곡한 일상'을 의미하는 것이 아닐 터.

"혼삶력"은 '혼자의 욕구나 필요에 집중하는 것'에서 출발해서 1인분의 세계관을, 한 인간으로서의 '그릇'을 키우는 힘이 아닐까. 그 힘이라는 것은 어떻게 해야 세질 수 있는 걸까. '혼자 잘 지낼 힘'을 기르는 것이 곧 '타인과 같이 잘 지낼 힘'을 기르는 것과 크게 다르지 않을지도 모른다는 생각을 한다.

누군가와 잘 지내고 싶을 때 하는 것들. 그 사람을 깊숙하게 이해하고 공감하면 그 사람이 원하는 것, 좋아하는 것, 필요한 것을 알게 된다. 항상 진실한 태도로 상대를 대하고 자신감과 겸손을 유지한다. 이것이 곧 '나라는 사람과 내가 잘 지내는 법'이기도 하지 않겠는가.

"간밤에는 평안히 주무셨습니까."
"어제 맵게 잡수셔서 종아리까지 퉁퉁하시군요."

아침에 눈을 뜨면 요가 매트를 펴고(사실 대부분은 매트리스 위에서) 몸을 이리저리 돌리며 내 몸 상태를 점검하며 공손하게(?) 스스로에게 여쭙는 문안인사. 근육 관절의 평안함을 확인하고 나면 주방으로 가서 식도와 장기의 평안함을 묻는다. 냉장고를 열고 미리 차갑게 우려놓은 차 한 잔을 까칠한 목 안으로 흘려 넣으며 '아, 오늘은 속이 좀 더 부룩한 것 같으니 우유 들어간 커피는 좀 참아야겠다' 생각한다.

정신없이 나서느라 이런 아침 문안을 거르기라도 하는 날에는 내가 원하는 것과 조금씩 어긋난 하루를 살게 되기도 한다. 평소에 늘 즐기던 대로 카푸치노 한 잔을 쭉 들이켠 것뿐인데 뭔가 입이 텁텁해서 생각해 보면 오늘의 내가 원한 건 사실 시원 개운한 콤부차(Kombucha)[23]였다는 건 깨닫게 되기도 하고.

　나와 잘 지내기 위한 시작은 '내가 무엇을 원하는지 알아내고 결정하는 것'이다. 가끔 뜨뜻미지근하게 굴며 관성적으로 대충 선택하곤 하는 나 자신에게서 진짜 필요, 진짜 욕구를 알아내는 것. 식사 메뉴를 고를 때마다 '아무거나'라고 말하는 데이트 상대와 함께 있는 것처럼 말이다. 힘 빠질 만큼 변덕스러운 자신의 욕구와 필요를 100%의 확률로 잘 알아맞히는 것보다 더 중요한 것은 내가 원하는 것을 있는 그대로 받아들이고, 진심으로 인정하고, 결정하는 힘이다. 선택한 음식이 맛이 없었어도 그 날의 데이트는 행복할 수 있으니.

> "The first step to getting the things you want out of life is this: Decide what you want.
>
> 인생에서 원하는 것을 얻기 위한 첫 번째 단계는 내가 무엇을 원하는지 결정하는 것이다."
>
> - 벤 스타인 (Ben Stein)

'내 입맛대로' 혼밥 스타일링

——— '혼밥 난이도 등급' 같은 게 있던데. 푸드코트보다는 삼겹살집에서 혼자 밥 먹는 게 아무래도 더 쉽지 않은 일 아니겠는가 하는 것이겠지. 그렇다면 이 분야에서 난 꽤나 실력 있는 경력자다. 프렌치 디너 코스를 혼밥으로 즐기는 정도면 증명(?)이 되려나.

혼자 여행을 즐기는 사람들은 자연스럽게 다양한 혼밥 경험을 쌓게 된다. 나는 주로 궁상과 청승을 기본 테마로 한 배낭여행을 떠나곤 했었기에 '이동식 혼밥' 경험이 잦다.

우리나라에 비해 유럽 물가가 비쌌던 시절, 당시 나의 최애 점심 메뉴는 '골든 애플(golden apple)'이었다. 밝은 노란빛을 띠는 그 과일은 그동안 내가 경험했던 사과에 비해 덜 새콤달콤하고, 아삭하기보다는 파삭-하다고 느껴지는 식감이었지만 여기저기 동네 식료품점에서 몇 백 원 정도의 가격으로 구할 수 있는 저렴한 식사였다. (내게는 구황작물이었던 셈이다.) 거리를 걷다가도 배가 고프면 가방 안에서 사과를 꺼내어 껍질째로 (농약과 함께) 우걱우걱 먹는 것이 내 점심 식사였다. 길거리에서 파는 현지 음식을 손에 들고 공원에 가서 먹는 것도 흔한 일이었다.

이렇게 금전적, 시간적인 절약을 위한 길거리 혼밥을 하던 내가, 한 번은 '잘나가는(?) 여자의 여행'을 해보리라 맘먹고 싱가포르 70층 전망대의 파인 다이닝 레스토랑 식사를 예약한 적이 있다. 탁 트인 city view를 보는 좋은 자리를 선점하는 게 핵심이었기에 항공권을 확정하자마자 이 레스토랑의 홈페이지부터 찾아 들어갔다.

2인분이 기본인 코스요리였지만 혼자 여행 가서도 이것 저것 여러 메뉴를 주문하곤 하는 나이기에 거침없이 예약 버튼을 눌렀다. 기념일을 맞은 손님에게는 초콜릿 케이크 를 제공한다는 말에 별생각 없이 'Y(그렇다)'를 체크하고 는 방문일이 다가올 때까지 까맣게 잊고 있었다.

럭셔리한 여행을 대놓고 즐겨보겠다는 다짐을 내어 보이 듯 허리가 트여있는 독특한 디자인의 붉은색 옷을 차려입 고 당당하게 레스토랑에 등장했지만 내 기대와는 분위기 가 영 달랐다. 매니저가 흔들리는 동공으로 나를 여러 차례 돌아보더니 다른 직원들과 다급한 귓속말을 수군대는 것 이 대체 무엇 때문이었는지 눈치채기까지는 오래 걸리지 않았다.

당연히 커플이 함께 걸어 들어올 것을 예상하고 'Happy Anniversary(행복한 기념일 되세요)' 케이크까지 준비한 그들은 보란 듯이 강렬한 모습으로 혼자 등장한 나에 대해 서 결별, 혹은 이혼 키워드까지도 짐작하고 있는 듯했고 그 렇기에 더욱더 "혼자 오셨네요?" 같은 뉘앙스를 풍기지 않기 위해 각별히 조심해 주는 것 같았다.

고급 코스요리를 내는 파인 다이닝 레스토랑에서 이런 풍경은 처음 봤다. 마치 TGI Friday[24]라도 온 것처럼 여러 직원들이 나를 둘러싼 채로 '연인을 잃고 혼자 와서 기리는 쓸쓸한 기념일'을 축하해 주는 그런 광경. 혼자인 나를 절대 쓸쓸하게 놔두지 않겠다는 열렬함이 전해져서 나는 어쩔 줄을 모르는 표정이 되었다. 하지만 케이크는 더할 나위 없이 달콤했다. 당황스럽고 난처한 기분이 들었을 법도 했는데 나는 오히려 우스꽝스러운 상황 속에서 조금 들뜨고 즐겁기까지 했다.

남은 케이크가 들어있는 하얗고 고운 상자를 품에 안고 전망대에서 내려왔다. 방금까지 도시 풍경을 내려다보며 하늘이 꽉 차 있는 높은 곳에서 식사하다가 엘리베이터를 타고 1층 밖으로 나와서 땅에 발을 붙이니 현실로 돌아왔다는 감각 같은 것이 더욱 생생하게 몰려왔다. 손에 든 케이크가 무색해지지 않게 하기 위해서라도 왠지 오늘을 기념할 만한 날로 만들어야 하지 않을까 하는 생각이 들었다.

싱가포르 혼밥의 추억을 떠올리면서 결혼기념일 대신 '혼 삶기념일'이라도 챙겨야겠군. 다음 해 오늘이 되면 무슨 이 벤트를 하고 어떤 선물을 스스로에게 할지 벌써부터 설레 발을 치며 즐거웠다.

  그러고는 지금까지 한 번도 이날을 기념한 적이 없다. (반 전 요소!) 사실 내게는 혼밥이든 혼삶이든 그리 유난 떨만 한 일로 다가오지는 않았던 모양이다. 혼자인 삶을 살아가 는 사람에게는 혼밥의 일상도 자연스럽고 당연하다. 만약 그렇게 느껴지지 않는다면 무언가 조치를 취해야 할지도 모른다. 혼밥의 메뉴나 과정 자체를 자신이 좋아하는 쪽으 로 스타일링하거나, 혼밥을 어색해하거나 불편하게 여기 는 스스로의 기분이나 생각을 트레이닝하거나, 혼밥 대신 누군가와 함께 하는 끼니를 늘릴 수 있도록 커뮤니티를 만 들거나.

얼핏 단순하게 들여다보면 혼밥은 편리한 부분이 더 많아 보이기도 한다. 길게 줄을 서는 맛집에서도 혼자 슉 하고 앞질러 들어갈 수 있고. (놀이공원에 가서 줄 서 있다 보면 "혼자 타실 분 있으세요~?" 하고 직원이 불러다가 남는 자리에 일찍 태워주는 그런 일이 있지 않은가!)

뭘 먹을지 정하는 일도 쉽다.(심지어 갑자기 변덕스럽게 바꾸는 일도!) 맛집을 발견하고 나서 '누구랑 같이 갈까?' 하는 생각 자체를 먼저 하지도 않는다. (오히려 만족스러운 혼밥을 마친 후에 아끼는 누군가에게도 맛보게 해 주고 싶은 생각을 떠올린다면 모를까.)

문제는 비자발적인 혼밥이다. 혼밥 능력자인 나조차도 예정에 없던 비자발적 혼밥 상황에 승질이 날 때가 있다. (성질나는 정도가 지나쳐서 '드럽게' 성질이 나면 '승질'이라고 칭하는 것이 어울린다.) 이미 배가 고픈 상태로 외출을 마치고, 터덜터덜 계단을 올라와 집 현관문을 왈칵 열고 들어와서, 신발과 겉옷을 사방으로 벗어던진 상태에서 뭔가 꽤 맛있는 음식을 먹고 싶을 때. 배달 음식은 원래 별로 좋아하지 않고. 귀찮음을 이겨내고 여차저차 뭔가를 요리해서 입에 넣어보지만 맛의 수준이 성에 차지 않을 때.

혼삶에서는 내가 나를 먹이고 대접해야 하는데. 나 자신이 맛있어할 만한 음식을 만들어 낼 정도의 요리 실력이 없다는 것을 실감할 때마다 나는 아직도 내가 부족한 어른이라고 느낀다. '요리를 꼭 잘해야 하나?'라고 생각한 적도 있었지만, 내가 맛있는 요리를 원한다지 않나. 그 누구도 아닌 다름 아닌 내가. (요리사의 능력이 평균 이하인 것에 비해서 요리사가 먹여 살려야 하는 그 손님은 꽤나 입맛이 까다롭다는 게 문제다!)

혼밥의 매 끼니를 소중하게 준비해서 스스로에게 대접하는 것은 생각보다 중요하다. 오랜 시간을 들여 영양이 가득한 식사를 직접 마련해야 한다는 의도와는 다르다. 태블릿 PC로 유튜브 영상을 틀어 놓고 전자레인지에 햇반을 데워서 먹어도 괜찮고, 냉장고에서 꺼낸 밑반찬에 소주 한 잔이 옆에 있어도 괜찮다. 굳이 집 밥을 먹지 않고 식당에 혼자

찾아가서 일본의 유명한 드라마인 '고독한 미식가(孤独の グルメ)'[25]처럼 즐겨도 좋다.

중요한 건, 혼자 하는 식사 시간을 혼삶의 일상에서 가장 편안하고 아늑한 자신만의 시간이 되도록 스타일링하는 것이다. 간혹 내가 살고 싶은 '혼삶의 모습'과 '혼밥의 모습'에 괴리가 있다고 느껴질 때, 그때 우리의 혼삶 자체가 나약해지는 기분이 들지 않도록.

풍류를 아는 자의 혼술 스타일링

─── 처음으로 집이 아닌 어딘가에서 혼술을 즐겼던 순간을 기억하는가. 뒷주머니에 '숏다리(국민간식 오징어!)'를 꽂고 초록색 소주 병을 든 채로 혼자 공원에 갔을까, 옷매무새를 신경 쓰며 쭈뼛쭈뼛 칵테일 바에 갔을까. 술과 함께 보낸 수많은 즐거운 추억이 있는데 그중에서도 처음 술과 내가 단둘이 함께 한 건 언제였을지 궁금해진다.

밖에서 혼자 술을 마시면 꼭 누군가가 말을 걸어올 것만 같은 기분이 든다. (실제로 그런 상황이 일어날 때도 있다.) 아무도 나를 쳐다보지 않는 걸 알면서도 마치 유튜브 브이로그(vlog) 촬영 카메라라도 가져다 놓은 것처럼 괜히 어색하게 움직이게 된다. 술을 아주 좋아하는 애주가인 것처럼 자연스럽게 행동해야 할 것만 같고, 술에 대해 많이 알고 모든 과정에 능숙한 것처럼 보이고 싶어진다.

혼술에 꽤나 익숙한 사람이 아니고서야 이렇게 어색하고 쑥스러운 기분을 느끼는 건 자연스럽다. 술은 마시면 마실수록 뻔뻔해지고 여유로워지고 방향성이 있기에 취기가 오르기 전까지 조금씩 견디고 버티다 보면 어느샌가 익숙해진다는 것이 그나마 다행스러울 뿐.

갖은 종류의 액체를 두루두루 좋아하는 나는 아침에는 우유와 커피를 즐기고 오후에는 주스와 차를 즐긴다. 그럼 밤이 되면 술을 즐기는 거냐고? 술 생각은 하루 종일 한다! 하지만 가진 역량(a.k.a. 주량)에 비해 술에 대한 애정이 훨씬 더 크기 때문에 나는 늘 술을 갈망할 수밖에 없다.

햇살이 잘 드는 음식점에 가서 오전 내내 기다렸던 맛있

는 점심을 먹다 보면 내 눈앞에 있는 아메리카노 대신 뮌헨
(Munchen) 사람들처럼 고소한 '파울라너(Paulaner)' 맥
주 한 잔을 곁들인 식사를 하고 싶다는 생각이 들고, 노트
북 앞에서 일하느라 목이 뻐근해지면 오른손에 와인잔을
들고 굴리는 상상을 한다. '메를로(Merlot)' 중에서도 버터
처럼 기름지고 고소한 향이 퍼지는 와인과 함께라면 나른
한 오후에 〈컬투쇼〉나 〈침착맨〉 방송을 듣는 것 마냥 기운
이 날 텐데!

조금 이른 시각에 외출을 마치는 날엔 그대로 집에 돌아
가지 않고 '아페롤 스플리츠(Aperol Spritz)' 같은 가벼운
칵테일을 마시며 여유를 부리고 싶고, 잠들기 직전인데 허
기가 지면 냉동실에 넣어둔 체리 보드카를 작은 잔에 한 모
금 따라서 호쾌하게 털어 넣고 침대로 간다.

시간은 늦었는데 이상하게 피곤하지도 않고 잠들기 아쉬
운 날이 있다. 그날 하루 분량의 에너지를 다 쓰지 못했거

나, 하루만큼의 즐거움을 다 누리지 못했다는 생각이 들수록 더 그렇다. 이럴 때는 쿠바에서 데려온 럼주 한 병을 꺼낸다. 찰흙으로 빚은 것 같은 질감을 지닌 감귤 모양의 둥근 잔을 꺼내서 사탕수수즙 대신에 꿀을 잔뜩 깔고 시큼한 라임주스도 실컷 넣은 후 탄산수와 럼을 조금씩 부어서 '칸찬차라(Canchanchara)'라는 쿠바식 칵테일을 재현해본다.

상큼달콤하지만 금세 얼굴이 달아오르는 요 사랑스러운 칵테일 한 잔을 즐길 때면, 어디에서나 주저 없이 살사 춤을 추곤 하던 쿠바 사람들이 떠오른다. 나도 그곳에서는 주저 없이 엉덩이를 움직이고 핑글핑글 예쁘게 턴(turn)을 하며 길을 걸었다. 칵테일을 다 비우기 전에 유리 창에 비치는 내 모습을 마주치게 되면 방금까지는 추억으로만 떠올렸던 그 동작들을 내 집 거실에서도 볼 수 있게 된다. 한 손에 여전히 감귤 모양의 잔을 든 채로.

요즘 혼자 시간을 보낼 때 자주 함께 하는 건 위스키다. 와인을 가장 좋아하지만 혼자서 즐기다 보면 한 병을 다 비우지 않고 꼭 남기게 되더라는. (그렇게 남겨진 와인은 '잠재적 발사믹 식초'라는 미명 하에 아직도 집 한구석에 줄지어 자리하고 있다.)

고급 호텔의 바(bar)나 어두컴컴한 지하에 있는 호젓한 스픽이지(speakeasy)[26]에 혼자 가면 자연스럽게 바텐더 앞에 줄지어 있는 bar 자리에 앉게 된다. 술에 대해 바텐더에게 질문도 하고 진열된 술도 구경하고 칵테일을 만드는 모습까지 구경할 수 있으니 애주가에게는 그 자리가 명당이다. 낮은 의자에 앉아 낮은 테이블에 술잔을 올려두는 것보다 높은 의자에 앉아서 높은 테이블에 기대 있는 것을 더 선호하기도 하고 테이블 좌석은 2인 이상 방문한 손님에게 양보하려는 의미도 있겠다.

내가 bar 자리를 찾아 앉는 것에는 또 다른 이유가 있다. 그것은 '제임스 본드' 때문이고 '존 윅' 때문이다!

뭐랄까, 위스키 잔을 앞에 두고 고독하게 (실제로 그런 기분이 들지는 않더라도 의도적으로 고독함을 짜내보자!) 앉아있다 보면 액션 영화 속 스파이나 킬러 캐릭터가 된 것 같은 기분이 든단 말이다.

그런 인물들은 삼삼오오 모여서 식사하기보다는 혼자 있는 모습이 어울리는 것 같다. 넷플릭스(Netflix) 시리즈인 〈종이의 집〉에 나오는 '베를린'을 떠올려도 그렇다. 여럿이 시끌벅적할 때 보다 혼자 우아하게 스테이크를 썰고 와인을 입에 흘려 넣는 모습이 더 '그 사람답다'라고 느끼게 된다. 이런 상상을 계속해서 거듭하다 보면 혼자 술을 즐기는 모든 순간이 '청승'이 아닌 '멋'으로서 다가온다.

바에 앉아서 글을 쓰다 보면 의도치 않게 가까이 앉은 다른 사람과 바텐더가 대화 나누는 내용을 듣게 될 때가 있다. 오늘의 한 잔을 고르기 위해 차분하지만 치열하게 파고들어가는 그 대화를 듣고 있다 보면 스포츠 경기를 직관하는 듯 흥미진진하다. 세상 참 다양한 취향이 있구나 생각하면서. 이런 대화는 묘하게도, 그 바에서 흘러나오는 배경음악과 그 리듬을 함께 한다. 대화의 톤이 배경음악과 '착붙(착 달라붙는)'이 된다고 할까. 공간과 어울릴 법한 어투와 목소리를 골라서 이야기하게 되는 특징이 있는 것 같다. 여타 술집들과는 다르게 스픽이지에 오면 개인이 튀지 않는다. "오늘은 이거 마시러 왔어요!"하는 목적구매(?)보다는 주변 공간으로부터 영감을 받아서 술을 고르고, 그 술 자체에 모든 주도권을 넘겨줘서 오히려 그것에 나를 맞춘다.

나만의 일상을 스타일링하는 방법

———— 출근길 지하철역으로 향할 때 마을버스를 타는 대신 '따릉이(서울시 공유 자전거)'를 탄다. 집과 역 사이에 있는 아파트 단지에는 크고 멋진 벚나무가 많다. 그 아파트 단지 가운데를 관통해서 역 근처로 빠져나와서 스윽 모퉁이를 돌면 그때부터 잠깐 동안 아주 한산한 도로 구간이 있다. 키가 아주 큰 가로수가 줄지어 있는 그곳의 아침 시간 햇살이 예술이다. 나뭇잎 사이로 햇살이 비치는 걸 보면 어찌나 상쾌한지.

어쩌다 간혹 잡생각이 가득한 상태로 자전거를 타다 보면 아무것도 못 본 채로 어느새 지하철역에 도착해버린다. 밤 사이에 잠을 잘 못 자서 노곤한 상태라 오늘 하루를 즐길 준비가 안 된 상태인 것이다. 난감하고 어려운 일을 앞둔 아침일 때도 종종 '행복 포인트'를 그냥 지나친다. 그런 날엔 '아, 오늘은 조금 천천히 살아야겠다.' 생각하며 하루를 조심스럽고 차분하게 시작한다. 그러면서 내일은 그 지점에서 하늘을 봐야지, 크게 숨을 들이마시며 바람도 몸에 넣어야지라고 되새긴다.

하루의 순간순간에 징크스 같은 행복을 만들어 '소확행(작지만 확실한 행복)'을 대거 포진시키는 것은 매일 잊지 않고 비타민을 챙겨 먹는 것과 비슷한 효과를 준다. 매일 비슷한 시점에 비슷한 행복을 스스로에게 보장해 주는 것은 간단하다. 복잡한 일은 아니지만 습관화하는 것은 생각보다 어려울 수 있다.

사무실에 도착해서 간단히 하루 업무 계획을 정리한 후에는 이탈리아 스타일로 행복을 즐길 차례다. 커피 머신으로 방금 내린 카푸치노의 거품이 사그라들기 전에 뜨끈하게 쭈욱 입으로 빨아들이면 든든하게 식도를 타고 내려가는 기분이 또 얼마나 행복한지. (식도암 주의!)

　부작용이 없는 행복을 설계하는 것도 마냥 쉬운 일은 아니다. 하루의 일상에서 나를 행복하게 만드는 것들 중에 만약 부작용이 없고 오히려 더 긍정적인 영향을 데려오는 것이 있는가. 떠오르는 게 있다면 그걸 얼른 붙잡아서 내 일상의 고정 요소로 들여야 한다. 아예 나라는 사람의 일부로 만들어 버려도 좋다. 그런 소확행이 그물처럼 촘촘하게 얽혀있는 사람의 일상은 침잠하더라도 추락하지는 않는다. 더 쫀쫀하고 탄력 있게 짜인 그물은 거의 트램펄린(a.k.a. 방방 or 콩콩)이 되어서 내가 바닥을 칠 때마다 다시 나를 위로 던져준다.

　어떤 한 사람이나 한순간의 쾌락이 나를 행복하게 만들어 줄 거라고 기대하는 것은 순수하지만 현실감이 없다. 인생 영화 한 편, 신뢰하는 멘토와의 대화, 짜릿한 영감을 주는 콘서트나 전시를 통해 영감을 얻을 수도 있지만 이들은 비교적 무거운 방식이라 일상으로 들여오기 쉽지 않다. 조금 더 쉬운 방식으로 하루의 나를 만족시키는 연습을 해볼까.

"스스로의 감정을 스타일링하는 것"

내 하루를 아무리 행복한 것들로 가득 채우려고 해도 마음처럼 되지 않는 법이다. 오히려 그런 노력을 위해 과도하게 힘을 쓰다 보면 뜬금없이 갑작스럽게 치고 들어오는 무기력, 허전함이 기를 펴고 다니게 놔둬선 안 된다. 실낱같은 그 허전함의 멱살을 틀어쥐고 주저 없이 질식시켜야 한다. 처음에는 여리여리하게 향기처럼 퍼지는 그 감정은 잠깐 놔두면 그 사이에 입자가 굵어져 비처럼 쏟아진다.

이미 늦었다 싶으면 아예 그 기분을 감성으로서 즐겨야 한다. 눈물 나는 음악, 슬픈 영화 같은 것들. 이때 중요한 건 감성이 어딘가에 고여있지 않고 잘 빠져나갈 수 있도록 배수구를 터놓는 것. 옛날 사진도 실컷 들여다보고 안 보던 누군가의 인스타도 잔뜩 보고 갑자기 취업사이트도 뒤

져보았다면, 그렇게 인풋(input) 만으로 끝내지 말고 아웃 풋(output)으로 내 보내줘야 한다. 복잡한 감정일수록 눈물로 흘러나오면 참 좋다. 막연한 감정은 말로 나와주면 좋다. 끓어오르는 감정은 큰 소리로 노래하거나 큰 동작을 동반하는 액션으로 나와주면 좋다. 침대 이불을 정리하거나, 갑자기 음식을 만들어 먹거나, 일기를 쓰거나 하는 아웃풋으로. 잘 내보내지 못한 찌꺼기 감정들이 고이면 언젠가는 고약한 냄새가 나고 속이 불편해진다.

최근에 들었던 가장 무시무시한 말

──── 순하게 처진 눈매를 가졌고 몸 전체에 직선이란 없는 것 마냥 동글동글 부드러운 선으로 이루어진 사람이었다, 청소년 시절의 나는. (다양한 별명 중에서 스스로도 부인할 수 없다고 생각했던 건 "코알라"였다.) 하지만 나는 줄곧, 좀 사나운 외모를 갖고 싶다고 생각했다. 나에게 내재된 카리스마 같은 것들이 내 얼굴만 딱 봐도 느껴졌으면 좋겠다고 바랐던 것 같다.

그런 욕망을 완곡하게 우아하게 표현해 내는 기술과 감각이 부족했던 나는 '다가가기 어려운 사람으로 보이고 싶다' 정도의 왜곡된 모델링으로 스스로를 다듬기 시작했다. 주로 중성적인 차림새와 짧게 자른 머리로 서툴게 구현했기에 사춘기 시절의 내 모습은 '중2병 톰보이' 정도로 묘사하면 딱이다. 지금의 라푼젤 헤어로 동창회에 등장한다면 옛 친구들 반응이 꽤 재밌을 것 같다는 생각이 들기도.

타고난 외모에 갇혀있다는 (사실은 그에 "숨어서" 지냈지만) 생각이 들곤 했던 나에게, 이 말은 굉장히 희망적으로 들렸다.

"00살 이후가 되면 비로소 나와 어울리는 외모로 살게 된다."

40이었나, 50이었나. 빈칸을 채울 숫자는 기억나지 않는다. 어느 나이 때까지는 물려받은 모습이 지배적이지만 나이가 들면 저절로 나다운 외모를 갖게 된다니, 마냥 신날

만한 이야기라고 여겼다. 나와 어울리는 외모가 마냥 아름다운 외모일 거라고 착각했던 것 같다.

그런데 어떻게 생각하니 소름 끼칠 만큼 무서웠다. 순하게 생긴 외모에 숨어 살 수가 있었는데, 나이를 먹으면 그럴 수가 없다는 뜻이다. 내 삶이, 내 선택이 고스란히 외형에 드러나게 된다는 것이다. '내면은 모르겠고 외모만 예뻐지고 싶다.' 라고 소망해 봐야 소용이 없다는 뜻이다. 그 외모가 곧 나라서! 어른이 되면 더 예뻐질 거라고 막연하게 다짐하고 있었건만, '나다운 외모'를 갖게 된다고? 그러면 나는 어떻게 살아야 한다는 거야!

이때부터 꽤 바빠졌다. 내가 원하는 외모가 있다면, 내가 쟁취해서 얻어내야 한다는 생각이 들었다. 속절없이 마음에 안 드는 모습으로 살게 될 수도 있다는 뜻이었다. 하지만 그동안 내가 봐 왔던 숱한 아름다운 사람들 중에서 내가 갖고 싶은 외모를 선뜻 고르기는 어려웠다. 딱히 '내 것' 같지가 않았달까? 누가 나에게 보여준 아름다움 말고 내가 나에게 더 다양한 아름다움을 보여줘야겠다고 생각했다.

패션, 책, 영화 등 가까운 곳에서 먼저 찾고 나중에는 멀리서도 찾아다녔다. 여행을 다니며 다양한 삶의 모습을 보고 미술, 건축에서도 영감을 얻었다. 나이가 조금 들고나니까 자연에서도 찾을 수 있게 됐다. (어찌하여 자연을 즐기고, 생명의 아름다움을 깨닫는 능력만큼은 대체로 나이와 비례해서 느끼는 것일까! 이런 분야에서는 영재, 신동이 드물게 느껴진다.)

그리고 이렇게 내가 갖고 싶은 이상적인 외모를 구체화해 나갔다.

1. 내가 어떤 사람이 되고 싶은지 생각한다. (인생설계, 사명을 설계한 과정은 추후 자세히)

2. 그런 사람은 어떤 외형이 어울릴지 상상해 본다. (이미지를 디자인한다)

3. 그런 모습의 사람은 어떤 하루하루를 살지 상상해 본다. (실천, 행동으로 연결한다)

4. 내가 정립한 이상적인 외모가 실제로 내가 원하는 삶의 모습과 일치하는지 점검한다. (주기적으로)

영화나 소설의 주인공 캐릭터를 설계하고 세계관을 짜는 것처럼 '이 사람은 어떤 취미를 갖고 있지? 어떤 공간에서 살고, 어떤 사람을 만나나?' 하는 설정을 다양하게 상상해 본다. 그 사람의 표정과 자세, 자태, 입은 옷의 스타일까지 상상한다. 1번의 과정이 어렵다면, 3-2-1의 순서로 거꾸로 시도해 보는 것도 꽤 괜찮다.

이것은 상상력이 강점인 나에게 잘 맞는 방식이다. 이렇게 내가 디자인한 외모는 vs 단순하게 내가 꿈꾸는 외모와는 분명한 차이가 있을 수밖에 없다. 이러한 자기 인지 과정, 설계 과정은 '건강한 타자화'에 도움이 된다. 남이 하는 다이어트나 남이 들고 있는 가방을 명확하게 '남의 것'으로서 인지하면 나 스스로에 대한 스타일링은 조금 더 쉬워진다.

그러고 보니 가장 독하고도 독한 외모 지적이란 혹시 이런 건가 싶다.

"너랑 안 어울려."

으익 –

Brussels, Belgium

여기는 기네스북(Guinness World Records)에 등재되었을 정도로 맥주 종류가 많다는 '데릴리움(Delirium)' 펍. 이곳의 시그니처인 체리 에일(cherry ale)을 즐기고 있다.

인천공항에서 장기 비행으로 브뤼셀 공항에 도착한 후 비행기에서 내리자마자 바로 시작하는 오늘 하루. 비행기에서 기내식 끼니 때마다 곁들인 화이트 와인 여러 잔을 시작으로 해서 브뤼셀 번화가에서 벨기에식 홍합탕인 '뮬(Moules)'과 함께 마신 생맥주 두 잔, 그것도 모자라서 또 체리 에일을 마시고 있으니 하루에 3종의 술을 즐긴 셈이다. 오늘 벌써 3차까지 온 거네!

『무라카미 하루키의 위스키 성지여행』이라는 책에서 하루키는

"좋은 술은 여행하지 않는다"라고 말했다. '그렇지!' 하고 무릎을 탁 쳤다. 이것이야말로 내가 나서서 더욱 여행할 수밖에 없는 명분이로구나!

혼술의 목적을 지닌 여행이 얼마나 풍요로운지 경험해 본 사람들은 공감할 것이다. 보르도 지역에서의 와이너리 투어, 뮌헨의 맥주 축제, 보드카를 들고 떠나는 시베리아 횡단 열차 여행, 아일랜드의 위스키 양조장 투어까지 떠올리기만 해도 행복한 여행이 한 무더기다. 술꾼(?)들은 등산을 가더라도 꼭 미니어처 양주를 챙겨가서 산 정상 풍광을 바라보며 살짝 한 모금을 넘겨 식도를 뜨끈하게 지나가는 그 느낌을 즐기기도 하지 않는가. 지금 이 순간에는 막걸리 주전자와 새참을 머리에 이고 논으로 밭으로 귀농 여행을 떠나고 싶네!

술자리를 좋아하지만 약속이 없고, 슬리퍼 신고 터덜터덜 나가서 술 한잔 기울일 수 있는 동네 친구가 없고. 이런 계기로 혼술을 하는 경우도 물론 잦지만 그렇다고 해서 혼술을 즐기는 것을 어떠한 조건이 갖춰지지 않았기에 그에 대한 대안으로 택하는 차선책으로만 오해하기에는 혼술의 감정선은 생각보다 아름답다. '혼술'은 하나의 고유한 풍류로서 존중받아야 한다.

혼술의 여러 가지 장점이 있지만 그중에서도 내가 가장 좋아하는 건 혼자 술을 마실 때는 비로소 내가 취해가는 과정을 몰입해서 즐길 수 있다는 점이다. 마치 요가나 명상을 하듯이 오로지 나만 생각하려고 노력한다. 안주를 우물우물거리면서 취기가 내 몸의 어디까지 왔는지 감각에 집중해 보기도 하고. 취기를 핑계로 한 가지 생각에 몰두하기도 한다. 감각과 생각을 각각 따로 인지하되 두 가지 모두에 집중하는 시간은 진짜 취향과 필요를 찾아가기 위한 훈련이 된다.

내가 무조건 좋아한다고 여겼던 어떤 맥주는 감각을 초집중해서 즐겨보니 막상 강한 탄산감과 코로 넘어오는 풍미가 내 취향이 아니었다. 씁쓸한 소주 한 잔을 들이켜면 그 뒤에 바로 이어서 안주를 입에 넣어 쓴맛을 달래줘야 한다고 막연히 생각했었는데 알고 보니 나는 안주를 두 세번 정도 씹다가 한쪽 입안에 몰아놓은 상태로 소주를 스을쩍 쪼르르 흘려 넣었을 때 안주와 만나면서 풍미가 달라지는 것을 더 좋아하더라. '오늘은 왜 이렇게 술이 쓰지?' 하는 날에는 잘 생각해 보면 내 입맛이나 컨디션이 그 술이 아닌 다른 무언가를 원했던 경우가 많다.

취향은 반드시 일관성 있게 유지해야 하는 무언가가 아니지 않은가. 취향에서 습관과 버릇을 걸러내어 매일 그때그때의 취향을 섬세하게 들여다보는 능력은 수차례에 거친 실험을 통해 얻을 수 있다. 혼술은 종종 이런 실험으로서의 역할을 한다.

바에서 글을 쓸 때 유독 빠르게 몰입하는 내게 누군가가 "공부하시는 거예요?" 하고 물어오는 경우가 종종 있는데 그럴 때마다 이런 생각을 한다. 내가 공부를 해야 했던 시절에 이렇게 위스키와 함께할 수 있었다면 훨씬 더 잘 몰입할 수 있었을 텐데! 하는.

5.

혼 　 삶 　 을
견 고 하 게
만 드 는 　 것

**Abu Dhabi,
Arab Emirates**

"지금 어디로 가고 있는지 모른다면

결코 그곳에 도착하지 못할 것이다."

- 제프리 무어(Geoffrey Moore)

1인 가정에도 가훈이 필요하다

———— 꼬맹이 신분이었던 시절, 동네 놀이터에 가면 꼭 이런 친구가 한 명씩 있었다. 어디서 듣도 보도 못한 놀이를 스스로 지어내서는 온 동네 아이들을 모아놓고 전파하는 '게임 인플루언서(game influencer)'. 이들은 대체로 규칙을 지배하는 '인싸' 선구자로서 놀이를 쥐락펴락한다. (상황에 맞춰 본인 유리한 대로 실시간으로 지어내는 것 같기도 하지만 '팔로워(follower)'인 참여자 입장에서는 알 길이 없다.) 이들의 주도권이 휘청이는 순간은 자신이 설계한 세계관 안에서의 논리와 규칙이 일관성을 잃을 때이다. 규칙 자체가 모호하거나 충분히 장악하지 못해 혼란스

럽고 자신 없는 모습을 들키기 시작하면 끝이다. 대책 없이 우겨대며 발끈하는 건 말할 것도 없고.

혼삶을 동경하거나 심지어 스스로가 장기적인 혼삶을 계획하는 사람이라고 해도 하나의 세계관, 그리고 그 세계의 규칙과 작동원리를 온전히 이해하고 장악하는 것은 쉽지 않다. 사실 어떤 종류의 인생관이든 그것을 온전히 소화하기는 어렵겠으나, 혼삶의 경우는 여러 측면에서 난도가 높다. 각각의 혼삶은 저마다의 설계로 각기 다른 구조를 갖게 되기에 전통적인 가정을 꾸리는 삶에 비해 그 규칙이 다채로울 수 있다. 그 때문에 혼삶을 계획하는 사람들은 타인이 이해할 만한 논리로 혼삶의 구조와 규칙을 설명하기가 어렵다. 나 혼자 리그를 벗어나 다른 규칙으로 살다 보니 타인의 규칙을 이해하지 못할 때도 많고 반대로 내 규칙을 이해시키는 건 더 어려워진다. 아무도 이해 못 하는 규칙으로, 내가 지어낸 놀이를 하는 기분을 종종 느끼며 산다.

결혼을 하고 부모가 되면서 조금씩 다른 일상을 보내는 지인들을 보며 '아, 저 친구는 나보다 어른 같다.' 하고 무심코 생각하게 되는 내가 신기하다. 어른이 되는 기준에 이런 조건을 나도 모르게 집어넣은 나의 고정관념에 흠칫 놀라서 고개를 저으며 얼굴을 털어낸다.

한 워크숍을 통해 '인생 곡선'을 그래프처럼 그려놓고 스토리텔링을 하며 자신을 소개하는 프로그램에 참가한 적이 있었다. 마치 조선의 왕이 된 것처럼 연도 표를 그리다가 옆 사람이 그린 곡선을 흘끗 바라봤다. 묘하게 내 것과는 달랐다. 유사한 간격으로 인생의 주요 이벤트에 점을 찍고, 그 점을 x/y 축의 적절한 위치에 배치한 꺾은선 그래프 같은 곡선. 다수의 사람들이 취업, 결혼, 출산 등의 명확한 사건을 손쉽게 떠올리고, +/- 중 어느 분면에 위치하는지 콕 짚을 수 있었다는 게 인상적이었다. 혼삶으로서의 내가 그린 곡선은 사뭇 달랐다.

혼삶을 살아가는 사람들은 '어른이 된다'라는 것을 조금 다르게 실감한다. 결혼식, 돌잔치 같은 특정한 장면들 없이 나도 모르게 어른이 되어 간다. 내 역할이나 위치가 바뀌는 것보다는 나를 둘러싼 환경이 더 극적으로 변하는 경험. 그로 인해 내 상대속도가 느리게 느껴지는 경험. 때문에 비슷한 또래의 삶에 자신의 속도를 비춰보기 어렵다는 것이 장점이자 아쉬운 점이 된다.

"사람은 시행착오를 겪으며 만들어 낸 자신만의 건강한 기준이 있어야 해요. 누군가 자신을 싫어하는 것 같아도 '날 싫어할 이유가 있나?' 되물을 정도의 당당함과 자기 확신이 있어야 합니다."

- 오은영, 『오은영의 화해』中 [27]

'내가 잘 살고 있는 걸까' 하고 스스로에게 묻고 싶을 때가 있다. 그에 대한 나 자신의 대답이 시원찮다고 느껴지면 다른 사람에게도 물어보고 싶어진다. 하지만 혼삶을 산다는 건, 탄탄한 선후배가 밀어주고 끌어주는 명문 학교를 돌연 자퇴하는 것과 비슷할지도 모른다. 나와 다른 길을 가는 선배들에게 물어보기도 애매하거니와, 되려 숱한 질문에 똘똘하게 대답해야 할 상황만 많아진다. '너 대체 무슨 생각으로 그러니?'라는.

내 삶을 누군가에게 납득시켜야만 한다고 생각하면 괜히 삐딱한 분노가 몽실몽실 올라오기도 했다. (다행히 학교를 자퇴하는 것과는 다르게, 결혼하지 않는 결정을 할 때는 사유를 작성해서 서류 제출할 필요 없이 바로 잠수타고 내뺄 수도 있다!) 그럼에도 나에 대해 충분히 설명하고 싶어질 때를 위해서 1줄 요약본을 준비한다. 1인 가정으로 쭉 살아갈 나 스스로를 위한 가훈이기도 하다.

나 혼자로 이루는 온건한 나의 가정에서는 내가 가장이다.

안정적인 혼삶을 위해 대체 얼마가 필요한가요

——— 이상하게도 결혼을 하지 않으면 경제적으로 더 탄탄해야 할 것 같은 생각이 드는 모양이다. 이 저변에는 두 가지의 조금 낡은 생각이 깔려있는 것 같다. 첫째, 결혼하지 않은 사람은 돈까지 없으면 더 서럽다는 생각. (혹은 본인은 정작 서럽지 않더라도 남들 보기에 딱하다는 생각) 두 번째는 조금 더 안타까운 전제를 바탕으로 한다. 결혼한 커플은 재무적으로 더 탄탄한 계획을 세울 수 있고 더 알뜰하게 돈도 모을 수 있을 거라는 생각. (결혼이 재무적 계획이나 의사결정의 계기가 되는 것은 맞지만, 그런 계기는 혼삶에서도 존재하지 않겠는가?) 혼삶은 흥청망청 욜로

(YOLO)족이고 어린 생각이라는 전제, 더 심하게는 결혼과 같은 중대한 일을 '포기'한 것으로 미뤄보아 '진정한 어른'이 안 된 사람들이니 재무적인 계획도 불안할 것 같은 전제를 포함하기도 한다.

간혹 이보다 훨씬 더 무서운 세 번째 전제도 있다. 결혼 안한 지금의 나는 딱히 재무적으로 내세울 게 없지만, 결혼하면서 상대 쪽의 재무능력이 내게 도움이 될 것이라고 생각하는 것. 어차피 결혼을 하든 하지 않든 자신이 원하는 삶을 지킬 수 있는 경제능력을 갖추는 것은 대부분의 개인에게 필수적이다.

"나이 들어 아프면 누가 돌봐줘?"라는 뜨악한 질문은 길게 언급하고 싶지도 않다. 가족이 노동력으로 대치되는 건 슬픈 일이지만, 아직도 종종 볼 수 있는 일인 것 같다. 이런 옛 대사에 섬뜩해져서 내 인생계획을 의심하지 말자. 가족들이 정서적, 경제적으로 힘이 되었기에 감사하는 것과 vs 가족들의 정서적, 경제적 부양을 기대하고 그를 전제로 노후를 설계하는 것은 얼마나 큰 차이가 있는가. 그에 의존한 노후계획은 얼마나 위태롭고(risky) 이기적인 것인가. 사람은 원래 스스로 자신의 생존을 책임져야 하는 존재 윤리 같은 것을 기반으로 살아간다.

물론 혼삶의 노후준비가 결혼한 사람들과 같기는 어렵다. 부부가 두 명의 자산을 함께 운용할 때는 1인 가정에 비해 유리한 측면이 많을 수밖에 없을 터. (때로는 양 집안 자산까지 고려해서 운용하기도 하죠.) 같은 리그에서 동일한 방식으로 노후준비를 하는 경우라면 단순하게 계산했을 때 한 사람이 두 배를 다 준비해야 하는 삶을 살게 될 것이기에, 그것을 원동력으로 삼아 경제적 성공을 거두려는 의도가 아닌 이상 리그를 갈아타고 방법을 달리할 필요가 있겠다.

혼삶은 대신에 출산, 육아에 드는 돈이 적지 않냐고? 상대적으로 미니멀하게 살 수도 있겠으나, 그것은 많은 혼삶의 모습 중의 하나일뿐. 출산, 육아를 하지 않는다고 해서 반드시 정확하게 그에 해당하는 크기만큼의 여유가 생기는 것은 아닐 터. (인생이 애플파이 한 조각을 떠 내듯 그렇게 흘러가지는 않는 법이다.) 그 자리에는 또 다른 삶이 채워지기에 의외로 모든 혼삶이 다 경제적으로 가벼운 삶을 살지는 않는다.

오히려 혼삶은 1인 가정에게 필요한 각종 서비스나 인프라를 구축하기 위해 더 큰 비용을 대비해야 하는 경우도 많다. 재무 상의 준비로만 해결하기 어려운 것들이 혼삶의 노후준비에서는 오히려 더 중요할 수 있기 때문에 그런 것들을 해결하기 위한 비용이 드는 것이다. 결혼한 커플이 가족계획을 세우면서 장기적인 삶을 준비하듯 1인 가정에서도 유사 수준의 준비가 필요할 수 있다.

혼삶의 노후준비에서 경계해야 할 것은, 혼자 삶을 꾸려가야 한다는 부담감에 휩싸여 정서적인 불안감을 메우기 위한 수단으로서 강박적이거나 지나치게 에너지를 쏟게 되는 상황이다. 누구나 가능한 한 많은 돈을 벌어야 하고,

그러고 싶어 할 거라는 것은 생각보다 큰 착각일 수 있다. 실은 개개인이 각자 선호하고 의도하는 수준이 의외로 다르다. 내가 벌고 싶은 돈, 내가 이루고 싶은 자산, 내가 쓰고 싶은 돈의 규모에 대한 가치관은 시간이 지나면서 견고한 취향처럼 발현된다.

부유해질수록 돈으로 행복을 사는 것은 점점 어려워진다는 가설[28]이 있다. 이에 대해 고개가 끄덕여진다면 재무적인 노후준비의 부담감이 조금은 가벼워질 수 있을 것이다. 노후를 걱정하고 준비하는 에너지를 조금만 덜어다가 혼삶의 방향과 가치관을 다듬어 나가는 것에 더 할애하자. 혼자니까 맘 편히 히피로 살든 오히려 더 촘촘하게 준비하든 그 모든 결정은 깊이 있는 고민을 거친 1인 가족계획 하에 선택한 것이어야 하니까.

'여자 혼자'의 공통점이 이런 거라니

──── 취향 모임 플랫폼인 '남의집'을 통해 다양한 사람
들을 집에 초대하곤 하는데, 호스트에게 궁금한 점을 묻는
순서에 심심치 않게 듣게 되는 질문에는 이런 것들이 있다.

"그런 곳에 여자 혼자 여행 다니면 안 위험해요?"

"여자 혼자 사는 집에 낯선 사람 들이는 거, 괜찮나요?"

이런 질문을 받으면 여행지의 현지 치안이 어땠고 내가
어떤 준비물이나 장비를 준비하고 어떤 사전 정보를 공부
했는지 답한다. 게스트가 모임에 참여하기 전에 플랫폼에
서 실명인증도 하는데 크게 위험할 만한 일이 있겠느냐는

식의 대답을 한다.

사실 더 자주 받는 질문은 이런 것들이다. 위 질문들과 비슷한 것 같지만 실은 매우 다르다고 여긴다.

"그런 곳에 여자 혼자 여행 다니면 안 무서워요?"

"여자 혼자 사는 집에 낯선 사람 들이는 거, 무섭지 않나요?"

이럴 때는 내가 준비하는 '안전감(感)'에 대한 이야기로 답하곤 한다. 일상에서는 오히려 '안전' 그 자체보다도 더 영향력이 클 수도 있는 '안전감'.

"여성의 안전에는 돈이 든다." 라는 말을 종종 듣는다. 여자로서 생각보다 다양한 순간에 무서움을 느끼면서 산다. 여자 혼자 사는 집인 걸 티 내지 않기 위해 고안해 내는 각종 웃픈 조치들에 대해서도 고개를 끄덕끄덕하게 되지만, 그렇게까지 해야 하나 싶어 어떤 때는 절레절레하게 된다.

(전통적으로는 현관에 큼지막한 남자 신발을 가져다 두었으며, 현대에는 음식 배달을 받으러 나갈 때 집 안에 다른 사람이 있는 척 대화를 꾸며내는 등 다양한 스킬이 있다고 한다.) 여자들이 화장실에 같이 가는 문화(?)도 안전을 위한 습관으로서 은연중에 자리 잡은 행동이라는 것에 참 씁쓸하다.

> 판단의 기준이 '무엇을 할 자유'가 아니라, '무언가를 하지 않아야 얻어지는 안전'이라는 일. 이 사회에서 여자로 성장하는 일은 참 고되다.
>
> - 곽정은, 『혼자의 발견』中[29]

고되고도, 고되다. 이 사회에서 여자로 성장하는 일. 하지만 어디 이 사회가 남자들에게는 호락호락 한가? (물론 불평등이 존재하지 않는다는 뜻은 아니다.) 여자로서 조금 더 불안전하다고 느끼는 여러 상황을 마주할 때마다 성별 자체에 매몰되지 않도록 무던히 애를 써야 했다. 괜히 억울해지고 분노가 슬그머니 올라오려고 하면 '여성'을 '약자'라는 말로 바꾸어 대입해 보는 방법으로 훈련했다. 소모적인 감정을 아예 틀어막을 수는 없었지만(그럴 필요도 없다고 생각하고) 그 안에서 허우적대지 않도록 나를 밖으로 꺼내놓는 연습을 계속했다.

'내가 여자라서 이런 일이 생기나?', '내가 혼자 사니까 이런 식으로 대하나?' 하는 생각은 한도 끝도 없다. 불쾌한 상황과 위험에 노출되는 것을 최소화하고 싶은 마음은 생존을 위한 자연스러운 본능이겠으나, 지나치게 문제 상황의 원인과 출발점을 자기 자신에게 찾는 것 또한 생존에 크게 도움이 되지 않는다는 것을 인정하자. 내 생존에 도움이 되는 것은 생각과 액션의 진화다.

호전적인 성격이 아니었던 소녀 시절의 내가 꿈꾸던 삶은 아무런 갈등 없이, 아무에게도 당하지 않고 사는 삶이었다. 신체적으로나 정서적으로나 누구와도 부딪치지 않고, 맞지도 않는 삶. 그렇게 너무도 귀하게(?) 자랐던 나의 사고 방식은 중학생 때 친구 따라 합기도 체육관을 다니기 시작하면서 달라졌다. 누가 나를 밀치는 경험, 내가 누군가에게 반격하는 경험, 정당하게 공격적인 눈빛을 쏘아붙이고 소리를 지르며 달려드는 경험을 통해 얻게 되는 게 강해지는 신체뿐만은 아니었다. 내가 그때까지 꿈꿔왔던 것과는 달리 아무에게도 맞지 않는 것은 불가능했다. 맞고 나서도 얼른 정신을 차려서 도망을 가거나, 더 나아가서는 상대를 제압까지 할 수 있다는 신체적 경험이 쌓이면서 자연스럽게 정서적으로도 훈련 효과를 거뒀다. 나는 맞는 순간에도 안전감을 느낄 수 있는 사람이 되었다.

"혼자 살면 별일이 다 일어날 수 있다는 것을.

그리고 별일이 일어나는 순간을 혼자서 감당해야 한다는 것을."

- 우엉, 부추, 돌김, 『셋이서 집 짓고 삽니다만』 中

원래 대부분의 인생에는 별일이 다 일어난다, 꼭 혼자여서가 아니라도. 신체적, 경제적, 시간적인 여유가 있을 때는 정서적인 여유도 조금 더 무난하게 뒤따라오곤 하지만, 나를 서럽고 지치게 만드는 별일들은 조금 더 치밀하게 바쁜 빈틈을 비집고 찾아온다.

혼삶을 살면서 누구나 약자가 되는 순간을 겪는다. 아무리 염려해도 대비할 수 없는 크고 작은 위험들이 온다. CCTV를 수백 대 달아도, 탱크처럼 튼튼한 고급 세단을 타고 다녀도, 끊임없이 자산을 불리는 등 아무리 준비해도 우리는 충분히 안전하지 않을 수 있다. 안전을 위해 준비하는 것처럼 안전감을 느끼기 위해 준비하고 훈련하는 것은 생각보다 큰 효과가 있다. 안전에 대한 욕구(feat. 매슬로우)에서 정서적으로 해방되는 순간부터는 그다음 단계의 욕구를 실현하는 것이 훨씬 쉬워진다.

'골드'미스가 아니어도 괜찮아

─── 연예인 '이효리'가 이런 얘기를 하는 걸 들은 적
이 있다. 하루하루 스스로가 기특해 할 만한 행동을 하면
그것이 자존감이 된다고.

아, 그렇기 때문에 사람들은 기특하지 않을 만한 행동을
할 때 자존감이 낮아지나 보다. 자신의 모습이 마음에 안
들 때. 침대에 누워서 잠들지도 않고 쇼츠(shorts)나 릴스
(reels) 같은 숏 폼 영상을 보는 시간이 너무 오래 지속된
건 아닌가 싶을 때.

나른한 오전 시간을 꾸역꾸역 버텨낸 고3 시절의 나. 계속 멍한 상태로 좀비처럼 어기적어기적 급식실에 걸어가서 억지로 밥을 떠먹고 난 후, 다시 또 느릿느릿 바람 빠진 풍선처럼 교실로 걸어와 책상 위에 엎드린 채 잠이 들었다. 시끌시끌한 소리에 눈을 떠보니 이미 7교시 수업까지 끝나고 저녁 시간이 되어 있었다.

　평소에 하도 잠을 많이 잔 탓인가. 선생님도 옆자리 짝꿍도 나를 깨울 생각조차 하지 않았거나 혹은 관심조차 없었을 거라고 생각하니 왠지 씁쓸했다. 부지런한 학생이 아니긴 했지만 좋은 성적을 받으면 내가 원하는 삶에 더욱 가까워질 거라는 기본 전제에는 공감하고 있던 나였기에 이런 하루를 보내고 난 후에도 아무렇지 않게 "아~ 잘 잤다!"하며 개운할 리가 없었다. 학생으로서 스스로가 기특하지 않고 한심하고 비참하기까지 한 기분이 드는 순간이었다.

　어른이 된다는 건 어린 시절 그토록 스스로 부모로부터

받고 싶었던 모든 것들을 스스로에게 주는 것이라고 하던데. 어린 나는 부모로부터 사랑을 받고 싶었고 맛있는 음식도 줬으면 했고(하루가 멀다 하고 '롯데 카스타드'를 원했다.) 칭찬과 인정을 해 줬으면 했고 동시에 나에게 자유를 줬으면 했다. 그 모든 것들을 스스로에게 줄 수 있는 경제적, 정서적 능력을 갖추는 것이 어른이 되는 일이라니. 내가 갖고 싶어 하는 것도 사 주고 내가 하고 싶어 하는 일이 있으면 지원해 주고 속상할 때 위로해 주고 아프면 돌봐 주는, 이 모든 것 말이다! 역시 어른이 되는 건 난이도가 어마어마하게 높은 일이구나. (그래서 어른인데도 아직 어른이 못된 사람들이 있는 거구나!)

그렇다면 나 스스로를 사랑하는 일은 어쩌면 나 자신을 자식처럼 예뻐하는 일이 아닐까 하는 생각을 해 본다. 내가 만약에 내 아이라면, 나는 강한 채찍질보다는 포용으로 아이를 대하고 싶겠지. 실수나 실패를 해도 함께 고민하고 응원해주겠지. (물론 답답해서 꿀밤 때리고 싶은 순간도 종종 오겠지만)

이런 식의 생각 훈련을 거치다 보니 언젠가부터는 나 자신에게 지나치게 냉정해지지 않는다. 반성하고 뉘우치는 순간에도 스스로를 질책하거나 차갑게 바라보지는 않는다.

　스스로가 잘 해 나가고 있다는 생각이 들면 뿌듯하고 잘 못하는 걸 해 나가고 있을 때는 대견하다. 심지어 바보짓을 하고 있는 순간에도 그게 밉거나 싫거나 한심하게 느껴지지 않고 그 과정에서 최소한의 상처만 받고 배워나갈 수 있는 힘을 기를 수 있게 해 달라고 응원할 뿐이다. 스스로를 진심으로 지지하는 힘을 기르려고 노력할 뿐이다.

"비혼인들은 남들보다 더 열심히 살아야 한다고 생각하는 경향이 있다. 실제로 많은 비혼인이 이를 입증한다."

- 강한별, 『비혼수업』中

골드미스가 아니어도 괜찮다. 혼자 사는 사람이라고 해서 더 대외적인 성취를 중요하게 여겨야 하는 것은 아니지 않은가. 비혼인의 하이 스펙(high specification)을 조명하는 글을 종종 접하곤 하지만, 그것은 비혼인뿐 아니라 그만큼 주도적으로 자기 삶을 선택한 사람일수록 열심히 사는 성향일 확률이 높다는 반증 아닐까.

가족을 꾸리지 않아도, 이 세상에 자손을 남기지 않아도, 돈 버는 것에 그다지 관심이 없어도, 그럴싸한 성취를 해내지 않은 나라도 사랑해 줄 자신이 있는가. 그럴 자신이 없다면 나는 무엇으로 나를 사랑할 것인가.

대의(大義)가 아닌 '내'의(my義) 찾기

———— LA의 베니스 비치(Venice Beach)의 레스토랑에서 일하는 내 이탈리아 친구는 자신을 셰프가 아닌 서퍼(surfer)로 소개한다. 새벽같이 일어나서 서핑, 배구, 스케이트보드, 자전거까지 운동을 죽을세라 즐기다가 일 끝나면 스케이트보드를 타고 휘리릭 집에 와서 라면 끓이듯 무심하게 물 붓고 파스타를 삶는다. 김치 꺼내듯 냉장고를 열어 미리 만들어둔 과카몰리(Guacamole)를 척하고 내어온다. 식탁이 있지만 소파 위에서 접시를 손에 든 채 식사한다. 설거지하러 일어난 엉덩이에는 모래가 이곳저곳 묻

어있지만 그대로 침대에 벌러덩 눕는다.

N년차 직장인이었던 당시의 나는 애벗키니(Abbot Kinney)거리의 카페, '블루보틀(그때만 해도 한국엔 없었지!)'에서 라떼 한잔 사들고는 한 방울이라도 흘릴세라 조심조심 자전거를 굴려 모래사장에 왔다. 바닥에 철푸덕 앉아 서핑하는 사람들을 구경하면서도 한편으로는 내 고민만 잔뜩이라 잡념이 올라오면 라떼 한 모금, 또 한 모금, 그렇게 잡념을 계속 꿀꺽했더니 왠지 헛배가 불러오는 기분이었다.

내가 왜 이렇게까지 계속 여행을 다닐까. 내 삶에서 여행이라는 것이 왜 이렇게 높은 우선순위에 있는지 내 여행의 가치, 여행의 의미에 대해 생각했다.

'허세가 정말 하나도 안 섞여있어?'

'놀고, 쉬고 싶어서 왔으면서 거창한 의미로 덮어 씌우고 있나?'

'일상에서의 문제를 여행으로만 해결하려는 습관이 들었나?'

'회피하려는 건 아니라고 확신할 수 있나?'

그렇게 흐느적흐느적 해변을 헤매는 나를 건져내어 스케이트보드를 가르쳐주던 그 친구와 자연스럽게 가까워졌다. 이탈리아에서 베니스 비치로 넘어온 후 한 번도 다른 나라를 여행해 본 적이 없다던 그였다. 밥 먹듯이 집을 비우는 나와는 다른 삶인 줄 알았지만, 친해지면 친해질수록 우리가 비슷한 삶을 살고 있다는 생각이 들었다.

그에게 있어서 인생의 의미는 단순하다. 신이 내게 좀 즐겨보라고 인생을 선물했는데, 우리는 의미만을 찾느라 정신 팔려있나 싶을 때가 있다.

사실, 신은 속이 터져라 외치고 있는 게 아닐까.

"즐기는 게 네 인생의 의미라고!"

나는 결혼을 거쳐 가족을 만드는 일의 의미에 대해서도 생각한다. 타의보다 오히려 대의 앞에서 뜨끔하곤 했다. 부모님의 손주 기대를 거절하는 것은 오히려 덜 어려울 수 있다. 그런데 아이를 낳지 않는 삶이 유전자의 사명(feat. 책 『이기적 유전자』)을 거스르는 일이라고 생각하면 조금 허무해졌다. 여자로 태어나서 꼭 해봐야 할 경험이라는 말 앞에서는 괜히 아쉬워지기도 했다. 인구 수에 영향을 받는 국력과 역사적 흐름에 대해서는 선을 그어서 타자화할 수 있다고 해도, 모든 어머니는 위대하다는 큰 명제와 그에 대한 숭고한 대의 앞에서는 오히려 내가 아무렇지 않게 박수만 치고 있어도 되는 건가 싶었다.

내가 애정하는 화가, 콰야(QWAYA)는 자신의 작업이 물감의 중량보다 가치 있는지 질문하고 고민한다고 한다. '내 작품을 많은 사람들이 사랑해줄까' 하는 것이 본능적인 고민이라면, '이게 물감이 아깝지 않을 일인가'의 가치에 대한 고민은 조금 더 본질적이다.

명확한 증명으로서 '값'에 기대어 그 가치를 저울질할 수도 있지만, 그마저도 지속적으로 끊임없이 증명하지 않으면 어느 순간 스멀스멀 올라오는 의심의 모가지를 단칼에 쳐낼 수 없을지도 모른다.

하지만 나는 영웅이 아니다. 타의와 대의에 앞서는 '내'의 (my 義)가 있다. 남을 구하지도, 나라도 세상도 구할 수 없을지 모르지만 나만은 내가 구할 수 있지 않겠는가. 내가 꿈꾸는 행복한 가정의 모습은 1인 가정이고, 내게는 남들보다 내 가정을 먼저 지키고 가꾸는 것이 제일 중요하다. 나 자신을 구하고 지키는 것보다 뾰족한 개인의 사명은 없다.

'내의'에 입각한 사명과 삶은 구체적인 미션(mission)을 갖는다. 계속된 의심에 답해가면서, 흔들려도 머지않아 돌아온다. 끊임없이 질문하고 의심하는 것은 어딘가 불편하고 쓰리지만, 그렇게 정리해나가는 자신의 우선순위, 자신이 부여한 의미가 있어야 한다. 맹목적인 모든 것은 결과가 좋지 않다, 당연하게도.

사실 다 무의미하다고 생각한다.

하지만 의미를 부여하는 것이 얼마나 큰 동력이 되는지도
실감한다. 그리고 보면 자신만의 의미를 부여하는 것이야
말로 무(無)에서 유(有)를 만드는, 삶의 대표적인 창조활동
이 아니겠는가.

낯선 펍의 bar 자리에 앉아 손으로 위스키를 느릿하게 굴
려 알코올을 날리면서 씁쓸한 것들에 대해 생각한다. 혼삶
이, 혼술이 더 멋지게 느껴지는 밤이다.

무의미를 어떻게 견딜 것인가

──── 넷플릭스 시리즈 〈지옥〉에 대해 리뷰하던 이동진 평론가의 말에서 영감을 얻었다.[30] 갑작스럽게 사망 '고지'를 받은 사람들이 죽어가는 상황 속에서 등장인물들은 사망 피해 그 자체보다도 어쩌면 더 두려워하는 것이 '무의미'라는 요지였다. 의미가 없다는 것은 곧, 기준도 없고 계기도 없고 명분도 없다는 것이다. 이러한 재난들이 의미 없이 임의적으로 벌어지는 사고일 뿐이라고 생각한다면 사람들은 불안해서 몸부림치거나, 허무해서 무너져 버린다는 것이다.

"사람은 왜 태어난 것입니까?"

스님에게 물어본다면 뭐라고 답할까, 철학자에게 물어본다면? 과학자에게 물어본다면 아마도 모른다고 답하지 않을까. 나는 우주적인 관점으로 보았을 때 인간의 탄생이 사실 어마어마한 '우연'의 결과였다는 점을 떠올린다. 우연일 뿐이라고 냉소적으로 바라보는 사람도 있고 우연이라는 것 자체를 더욱 영적인 측면으로 해석하여 경외하는 사람도 있지만. 아무튼 나는 대체 왜! 무엇을 위해 태어난 것이냔 말이다!

"캘리포니아 공과대학 Cal Tech 의 저명한 물리학자 캐롤 Carroll 의 표현대로 우리는 아무런 '이유 없는 우주 pointless universe '에서 살고 있음을 받아들여야 한다. 그래야만 세상을 객관적으로 이해할 수 있다."

- 서은국, 『행복의 기원』 中 [31]

내가 누구인지도 모르고 내가 왜 태어났는지도 모르지만, 그럼에도 불구하고 내가 왜 살아야 하는지 그 이유는 찾아내야 하는 게(그래야 살아갈 수 있다는 게) 인간의 숙명 같은 것. '알아내는' 것이 아니라 '찾아내는' 것이라는 게 맹점이다.

존재의 이유조차 모르는 무지한 인간이거늘, 무슨 수로 살아가야 하는 이유를 알아낼 수 있겠는가! 그렇기에 우리는 인류 전체가 생존해야 하는 명분을 찾는 것은 조금 뒤로 하고 우선 각 개인이 자기 한 사람 몫의 이유라도 찾아내기로 한 것이다.

그렇게 찾아낸 후에 '바로 이거야!'하고 정하면 그게 '삶의 의미'가 된다. 의미를 찾아간다는 표현도 어색한가 싶다. 의미를 만들어간다는 것이 더 와닿는다. (그 삶의 의미라는 것이 실재하기는 하는지에 대한 논쟁은 우선 접어두기로.

"당신의 삶의 의미는 무엇입니까?"

 예전에는 이 질문에 대해 명확한 자기 대답을 가지고 있는 어른들이 멋있어 보였다. 그런데 지금은 다른 부류의 사람들이 조금 더 멋져 보일 때가 많다. '의미가 없으면 뭐 어때?' 하는 사람들 말이다. 어떤 게 의미 있는 삶인지 모를 수도 있다. 오히려 '000한 삶은 무의미하다'라는 위험한 신념으로 쉽게 단정하지 않는 것이 더 중요하다. (ex. '의미가 없는 삶은 무의미하다.')

<인생>

- 라이너 마리아 릴케

인생을 꼭 이해할 필요는 없다

인생은 축제와 같은 것

하루하루를 일어나는 그대로 살아가라

바람이 불 때 흩어지는 꽃잎을 줍는 아이들은

그 꽃잎들을 모아둘 생각은 하지 않는다

꽃잎을 모으는 순간을 즐기고

그 순간에 만족하면 그뿐

　매슬로가 주장한 5단계의 욕구 중, 자아실현을 넘어선 자기 초월의 욕구 단계가 되면 자기 자신의 완성을 넘어서 타인, 세계에 기여하고자 하는 욕구를 갖게 된다고 한다. 이런 욕구가 왜곡된 형태로 발현되면 자칫 이런 부작용이 생길 수 있다. 사회가 기대하는 출산율에 기여하고 자손을 통해 이후 세대에까지 기여하고자 하는 과도하고 강박적인 욕구. 이런 욕구들은 사회적인 언어로 잘 포장했을 때 꽤 공익적인 뉘앙스를 갖게 되고, 그와는 대조되는 가치를 추구하는 혼삶을 부정하는 무기가 된다. 의외로 자주 흔들리곤 하는 우리 어른들의 연약한 마음은 이런 날카로운 무기

앞에서 바들바들 나약해지기도 한다.

"그래도 넌 자식 하난 잘 키웠잖아."

'이 고독한 세상에서 나는 변치 않는 내 편, 내 배우자가 있으니'

저마다 자신만의 삶의 의미가 있지만, 살다 보면 가끔 '이런 게 다~ 무슨 의미인가~' 싶을 때가 있지 않은가. 그런 주변 사람들이 결혼, 출산을 통해 얻은 것들로 삶을 의미 있게 생각하는 것을 볼 때, 그렇다면 내 혼삶은 어떤 의미를 가지고 살아야 하는지 막막해질 때가 있었다. (특히 내 부모님이 나를 통해 삶의 의미를 느끼는 모습을 볼 때. 나는 엄마처럼 딸이 있지도 않은데?!) 내 삶의 의미가 없는 것처럼 느껴진다고 해서 너무 슬퍼하지 말자. 그럼에도 불구하고 '나는 어떻게 할 것인가' 라는 문제가 가장 중요하다. 인생이 정말 무의미한 것이라면 나는 무엇을 하며 어떻게 살 것인가.

무의미의 파괴력은 어마어마하다. 폭력적으로 일상을 부

술 수도 있지만, 무릎에 탁 힘이 풀리게 해서 삶을 주저앉힐 수도 있다. 이런 무기력에 휩싸인 상황에서 누군가(매우 애정하는 만화 시리즈인 〈진격의 거인〉[32]의 한 캐릭터)가 남긴 명대사로 글을 마무리해 본다. 무참히 죽게 될 것이 뻔한 전투를 앞둔 그가 전우들에게 말한다.

"(우리는) 무의미하게 죽을 것이다.

그렇다고 태어난 것까지 무의미한가?

그렇다면 먼저 죽어간 동료들은 의미가 없는가?

그렇지 않다. 살아있는 우리가 의미를 만든다.

우리는 오늘 이곳에서 죽고,

다음을 살아갈 사람들에게 그 의미를 맡긴다!

그것이 이 잔혹한 세계에 저항해 나갈 방법인 것이다."

'안정적으로 불안정한' 나의 혼삶

──── 꽤나 독특한 삶의 형태를 추구하며 살아가고 있
는 나이지만 원래부터 늘 독특한 선택을 고집해 왔던 것은
아니다. 줄곧 다수가 걸어가는 길을 나도 함께 걸었다. 성
적에 맞게 대학에 진학했고, "감사합니다" 하며 기업에 취
직했다. 기질과 성향에 비해 비교적 안정적인 방향으로 진
학과 취업을 결정했던 것은 그런 시스템을 통해 스스로의

삶을 통제하고자 하는 나의 의지였다. 마구마구, 실컷 불안 정하게 튀어 다녀도 굶어 죽지는 않을 삶 속에 나를 넣어두 는 것이다.

Stably unstable, 안정적으로 불안정한

내가 가진 풍부한 감수성과 상상력 덕분에 일상이 참 재 미지기는 한데........, 재미있는 것도 하루 이틀이지 그걸 매 일 겪어내는 나 스스로는 에너지 소모가 상당하지 않겠는 가! 희로애락을 느끼는 감정의 그릇이 큰 만큼, 그 드라마 틱한 변화의 폭을 감당하고 뒷받침해 줄 수 있을 만큼 튼튼 한 '정서적인 체력'이 필요하다는 걸 실감했다.

그런데 나의 이 드라마틱한 감정 기복은 마치 '지진계의 곡선' 같은 것이었다. 나의 불안정함은 매우 안정적인 주 기로 나타났고, 나의 감정 변화는 일정한 패턴과 원칙이 있 었다. 진폭이 큰 곡선이 나타나면 위험해질 수 있지만 미리 대비할 수도 있는 것이었다. 지진을 견뎌낼 수 있도록 이렇게 내진 설계(耐震設計)를 튼튼히 해 놓은 나는 오히려 재난에 강한 사람이 되었다.

　나무의 아름다움은 어느 정도 삶이 무르익고 나서야 더 알게 되는 것일까. 꽃만큼이나 나무가 아름답다는 걸 느끼게 되는 순간이 있다.

　유독 하늘이 예쁜 동네에서 엄마와 함께 풍경을 바라보던 어느 날, 나는 갑자기 꽃도 나무도 아닌 '산맥'을 한참 동안 바라보며 말했다.

　"산맥이 아름다운 걸 어렸을 때는 잘 몰랐어"

나도 조금씩 나이가 드나 보다, 하는 심정으로 차분하게 건넨 말이었다. 하지만 돌아온 엄마의 대답이 순식간에 내 기분을 달라지게 만들었다.

　"살다 보면 그렇게 관점과 시각이 계속 달라지더라. 그렇기 때문에 인생이 지루하질 않아."

살면서 처음으로, 나이를 먹는 게 진심으로 기대된다는 생각이 들었다. 노년을 상상하면서 이렇게 설레는 기분이 드는 건 처음이었다. 빨리 더 어른이 되고 싶어졌다.

   나는 갑자기 꽃나무가 좋아지던 스스로의 변화가 내심 불안했었다. '세월이 흐르면 사람이 이렇게 변하는 건가?', '여태 내가 곱게 가꿔 놓은 취향도, 가치관도 다 이렇게 변해 버리는 것은 아닐까?' 하는 생각. 청년 시절에 호기롭게 밀어붙인 혼삶도 시간이 지나면서 씁쓸한 후회로 남게 될까 봐. 그러다 보면 스스로 개운하게 끄덕여지지 않는 억지 논리나 이유를 핑계로 혼삶을 정당화하게 될까 봐.

   안정적인 삶을 기대하며 결혼하는 사람들이 있듯이, 나도 내 혼삶이 안정적이길 기대했다. 하지만 삶의 가치관이라는 게 원래 조금씩 변하는 거였지. 한번 정해 놓은 걸 고집스럽게 생떼 쓰면서 끝까지 밀고 나가야 하는 게 아니었지. 지금의 내 혼삶도 앞으로 얼마든지 변화할 수 있는 거였지.

하아, 나는 아직 멀었다.

시간이 지날수록 오히려 좋아지는 시력이 있다. 넓은 시
야(視野)와 깊은 식견(識見)을 포함한 '보는 능력'이 바로
그것이다. 이러한 후천적 시력도 우리의 가치관도 인생이
흘러가면서 달라질 것이다. 인생을 다채롭고 여유롭게 보
낼수록 더욱 그럴 확률이 높다.

조금씩 다른 것들을 발견하느라 쉴 새 없이 재미있을 나
의 인생을 기대한다.

〈위험들 (Risks)〉

- Janet Rand

웃는 것은 바보처럼 보이는 위험을 감수하는 것이다.

우는 것은 감상적으로 보이는 위험을 감수하는 것이다.

타인에게 다가가는 것은 휘말리는 위험을 감수하는 것이다.

감정을 표현하는 것은
진정한 자신을 드러내는 위험을 감수하는 것이다.

자신의 생각과 꿈을 대중 앞에 내보이는 것은

그것을 잃어버리는 위험을 감수하는 것이다.

사랑하는 것은 답례로 사랑 받지 못하는 위험을 감수하는 것이다.

사는 것은 죽는 위험을 감수하는 것이다.

희망하는 것은 절망하는 위험을 감수하는 것이다.

시도하는 것은 실패하는 위험을 감수하는 것이다.

그러나 위험은 감수해야 하는 것이다.

삶에서 가장 큰 위험은

아무 위험을 감수하지 않는 것이다.

아무 위험을 감수하지 않는 사람은

아무 것도 하지 않고, 아무 것도 갖지 않고,

아무 것도 아니다.

그 사람은 고통과 슬픔을 피할 수 있을지 모르지만

전혀 배울 수도, 느낄 수도, 바꿀 수도,

성장할 수도, 사랑할 수도, 살 수도 없다.

확실성의 사슬로 매여 있다면, 그 사람은 노예다.

그 사람은 자신의 자유를 박탈당했다.

오직 위험을 감수하는 사람만이 진정으로 자유롭다.

마치며,

"요리사만 요리하나? 집에 오면 다 요리하잖아."

책 『이어령의 마지막 수업』[33]에서 저자는 이렇게 말합니다.

언어를 사용할 수 있는 누구나 할 수 있는 것이 예술이고 철학이라고 하더군요. 저도 그런 마음으로 책을 썼습니다. 부족하지만 행복합니다. 머지않은 미래에는 제 스스로 이 책의 부족함을 더 잔뜩 발견하고 부끄러워할 수 있을 만큼 성장해 있었으면 합니다.

『잘 팔리는 마법은 어떻게 일어날까?』[34]라는 책에서 저자인 로리 서덜랜드(Rory Sutherland)가 얘기한 바에 따르면, 사람들이 어떤 행동을 할 때는 보통 두 가지 이유가 있다고 합니다. '표면적으로 논리적인 이유'와 '진짜 이유'가 따로 있다는 것입니다.

"나는 사람들에게 내가 이 일을 하는 이유가

돈을 벌기 위해서, 브랜드 평판을 쌓기 위해서,

비즈니스 문제를 해결하기 위해서라고 말한다.

물론 나는 이런 것들도 싫어하지 않는다.

하지만 진실하게 말한다면

내가 이 일을 하는 이유는 '참견'을 좋아해서다."

혼삶에 대한 책을 쓴 이유로 제가 여태까지 위에서 언급한 것들이 전부 '표면적으로 논리적인 이유'라면, 심리적이고 정서적인 것을 기반으로 하는 '진짜 이유'는 '애정을 나누고 싶어서'일 것입니다.

스스로의 삶에 대한 애정을 자랑하고 싶고, 다른 혼삶에게도 애정 어린 영향력을 끼치고 싶었던 것 같습니다. 누군가가 나를 알아주길 바라는 마음과, 내가 여러분을 알아주고 있다는 것을 알아달라는 마음으로.

제가 느끼고, 쓰고, 표현하는 것들의 대부분은 제가 처음 생각했거나 저만 알고 있는 것이 아닙니다. 전부 존경스러운 주변의 스승, 탁월한 책, 멋진 음악으로부터 배우고 영감을 받은 것입니다. 그럼에도 불구하고 책 속에서 정확하게 출처를 밝히거나 감사를 전하지 못한 부분이 있을까 염려합니다. 그것은 제가 '부정(不正)'하고자 한 것이 아니라 '부족'한 탓일 테니 너그럽지만 적극적인 태도로 지적해 주길 바랍니다.

미처 못한 이야기는 책 바깥에서 전하고자 합니다.

인스타그램 @artisticspeaker
브런치 https://brunch.co.kr/@artisticspeaker
네이버 블로그 〈Artistic Speaker〉
https://blog.naver.com/artisticspeaker

혼삶도 혼자가 아니게 만드는 순간들

2020년 8월부터 소셜 모임 플랫폼인 '남의집'을 통해 〈여행블로거의 혼삶가이드〉라는 모임을 진행하면서 다양한 게스트 분들과의 대화를 통해 영감과 응원과 도움을 얻었습니다

함께 해 주신 '혼삶의 동지' 여러분께 감사 드립니다.

기정님	재원님
경석님	경민님
새봄님	윤지님
새빛나님	준영님
태성님	용준님
준석님	보경님
유진님	도경님
성우님	P지혜님
익준님	주연님
영우님	준우님
연택님	용석님
민철님	나은님
지영님	성범님

민우님   정모님
상곤님   승훈님
성욱님   재희님
우람님   재형님
은영님   명희님
나희님   주영님
소희님   새롬님
희경님   나리님
형규님   혁태님
보현님   제민님
K민수님   선애님
원기님   일우님
연동님   수영님
재영님   예지님
예지님   경인님
장준님   정철님
서희님   정희님
윤빈님   은미님
태욱님   은규님
명석님   종필님
주하님   진무님
예영님   동준님
승근님   P민수님
J지혜님   리나님
주희님   세진님
현범님   지형님
현웅님
지훈님 두 분

주와 출처

1 베르나르 베르베르, 2019, 『죽음 1』, 열린책들

2 헤르만 헤세, 2002, 『싯다르타』, 민음사

3 '성인지 감수성'이라고도 부르는 '젠더 감수성(Gender Sensitivity)'은 다른 성별의 입장이나 사상 등을 이해하기 위한 감수성을 말한다.

4 미셸 우엘벡, 2015, 『복종』, 문학동네

5 박용철, 2013, 『감정은 습관이다』, 청림출판

6 서은국, 2014, 『행복의 기원』, 21세기북스

7 우엉, 부추, 돌김, 2020, 『셋이서 집 짓고 삽니다만』, 요즘문고

8 나흥식, 2019, 『What am I』, 이와우

9 취향이 담긴 공간에 모여 대화를 나누는 커뮤니티 플랫폼, '남의집'

10 리드 헤이스팅스, 에린 메이어, 2020, 『규칙 없음』, 알에이치코리아(RHK)

11 서은국, 2014, 『행복의 기원』, 21세기북스

12 어류 공포증(Ichthyophobia), 어류에 대하여 비정상적으로 두려움을 갖는 증상

13 찰스 부코스키, 2019, 『할리우드』, 열린책들

14 강한별, 김아람, 이예닮, 지나리, 하현지, 2020, 『비혼수업』, 넥서스BOOKS

15 에코 체임버 효과, 즉 반향실 효과(反響室 效果, 영어: echo chamber)는 뉴스 미디어가 전하는 정보를 이용하는 이용자가

갖고 있던 기존의 신념이 닫힌 체계로 구성된 커뮤니케이션에 의해 증폭, 강화되고 같은 입장을 지닌 정보만 지속적으로 되풀이 수용하는 현상을 비유적으로 나타낸 말이다.

16 사이하테 타히, 2022, 『너의 변명은 최고의 예술』, 위즈덤하우스

17 김영하, 2020, 『오래 준비해 온 대답』, 복복서가

18 위스키 니트(neat), 상온에 있던 술에 아무 것도 넣지 않고 마시는 방법.

19 메타인지(meta-cognition), '상위인지'라고도 부른다. 자신의 인지 과정에 대해 관찰 · 발견 · 통제 · 판단하는 정신 작용.

20 깔라만시(Kalamansi), 작고 시큼한 맛이 나는 귤과의 재배 과일.

21 〈델리리움(Delirium)〉, 2,000종 이상의 맥주, 양조장 기념품, 목요일 저녁마다 열리는 라이브 음악을 즐길 수 있는 바.

22 이준영, 2017, 『1코노미』, 21세기북스

23 콤부차(Kombucha), 차를 우린 물에 원당과 유익균을 넣어 발효시킨 프로바이오틱스 발효차로 일반적으로 톡 쏘는 탄산과 시큼 달콤한 맛을 가진 음료의 일종이다.

24 TGI Friday. 패밀리 레스토랑 브랜드. 직원들이 다 같이 테이블을 둘러싸고 생일 축하 노래를 불러주는 장면이 떠오르는 곳이다(실제 그런 서비스를 아직도 하는 것 같지는 않지만).

25 일본의 유명한 드라마인 '고독한 미식가(孤独のグルメ)', 2012년부터 TV 도쿄에서 방영되고 있는 일본의 인기 드라마.

26 스픽이지(speakeasy), '쉬쉬하며 조용히 말하다'라는 뜻으로, 1920~30년대 미국의 금주법이 시행되며 몰래 운영하던 주점에서 유래되어 일반적으로 공간이 잘 드러나지 않도록 숨겨진 바.

27 오은영, 2019, 『오은영의 화해』, 코리아 닷컴

28 이스털린의 역설 Easterlin's Paradox', 살림살이가 나아져도 시민들의 행복 수준이 높아지지 않는 현상을 설명하는 말. 미국 남가주 대학의 경제학자 리처드 이스털린 Richard Easterlin

29 곽정은, 2014, 『혼자의 발견』, 달

30 Youtube 채널 〈이동진 Lo-Fi〉 中, "지옥, 디피, 오징어게임" 편. https://youtu.be/wr0GVI8Dwqkhttps://youtu.be/wr0GVI8Dwqk

31 서은국, 2014, 『행복의 기원』, 21세기북스

32 만화 시리즈인 〈진격의 거인(Attack on Titan)〉은 2013년 4월 7일에 방영된 Isayama Hajime의 동명 만화를 각색한 일본의 다크 판타지 애니메이션 TV 시리즈이다.

33 김지수, 이어령, 2021, 『이어령의 마지막수업』, 열림원

34 로리 서덜랜드, 2021, 『잘 팔리는 마법은 어떻게 일어날까?』, 김영사

영감을 준 책

류츠신, 2019, 『삼체』1~3권, 단숨

김영하, 김훈, 도정일, 박원순, 이문재, 이필렬, 최재천, 김수이, 차병직, 김광일, 배병삼, 최태욱, 김동식, 민승기, 2008. 『글쓰기의 최소원칙』, 룩스문디(Lux Mundi) - 머리를 쥐어뜯거나 커피를 들이붓는 일 없이 별과 바람, 재즈와 와인을 곁에 두고 웃으며 쓸 수 있게 적용점을 제시해 준 이 책에 감사합니다.

정만춘, 2020, 『더 사랑하면 결혼하고, 덜 사랑하면 동거하나요?』, 웨일북

김하나.황선우, 2019, 『여자 둘이 살고 있습니다』, 위즈덤하우스

노사장, 캡선생, 2022, 『비행독서』, 숙녀미용실 카페앤펍

Logan Ury, 2021, 『How To Not Die Alone』

김영하, 2022,『작별인사』, 복복서가

정유정, 2016, 『종의 기원』, 은행나무

도리스 레싱, 1999,『다섯째 아이』, 민음사

무라카미 하루키, 2020,『일인칭 단수』, 문학동네

곽민지, 2021,『아니, 요즘 세상에 누가』, 위즈덤하우스

에리히 프롬, 2019, 『사랑의 기술』, 문예출판사

이원하, 2020,『내가 아니라 그가 나의 꽃』, 달

에리히 마리아 레마르크, 2010, 『사랑할 때와 죽을 때』, 민음사

황두영, 2020,『외롭지 않을 권리』, 시사IN북

레일라 슬리마니, 2017,『달콤한 노래』, arte

다니엘 콴, 다니엘 쉐이너트 감독, 양자경 주연, 2022,
〈Everything Everywhere All At Once〉

영감을 준 스승님들

강상연	박광호	지병희
정경진	장재형	최일호
이광수	장동진	이경표
이용규	정현화	김도선
고은정	이승호	박청규
소정원	曾婷	김현정
Nicorien Le Roux	路莹莹	송민호

책 제작 과정에서 도움을 얻은 곳

'셀프출판 전도사'님의 네이버 블로그 〈독립출판사 북엔드〉
https://blog.naver.com/kobawoo9
'루미풀'님의 네이버 블로그 〈# lumiful RECORD〉
https://naver.me/xmiJx6Rv
'오모리'님의 브런치 매거진 〈통곡의 독립출판 일지〉
https://brunch.co.kr/magazine/5mori
'강희연'님의 브런치 매거진 〈미술관에서 쓴 편지〉
https://brunch.co.kr/magazine/letter-art
'몽돌'님의 브런치 매거진 〈직장인 독립출판 도전기〉
https://brunch.co.kr/brunchbook/shareyourstory
Youtube 채널 〈gray monster〉
Youtube 채널 〈성심이가 친절하게 알려주는 인디자인강좌〉

여행블로거의 혼삶가이드

초판 1쇄 2022년 11월 21일
초판 2쇄 2024년 06월 21일

지은이 한유화
펴낸이 한유화
펴낸곳 아티스틱스피커
디자인 한유화
기획마케팅 한유화
주소 서울특별시 영등포구 도림로112길 29
연락처 artisticspeaker@gmail.com
ISBN 979-11-980461-0-9

오탈자를 발견하면 출판사 이메일로 제보 바랍니다.